Sonar 21

Beka Adamaschwili, geboren 1990 in Tiflis, Georgien, studierte Journalismus und Sozialwissenschaften an der Caucasus University in Tiflis. Für seine Kurzgeschichten, die bereits in frühen Jahren in Magazinen und Zeitungen publiziert wurden, erhielt er zahlreiche Auszeichnungen. Als Blogger macht er mit satirisch-humoristischen Postings auf sich aufmerksam. Heute arbeitet Adamaschwili für eine große georgische Werbeagentur. Mit »Bestseller« veröffentlichte er 2014 seinen Debütroman, der in Georgien schnell zum echten Bestseller avancierte und auf der Shortlist für den besten Roman beim SABA- und Tsinandali-Preis stand.

Sybilla Heinze, geboren 1976 in Pößneck, studierte Kaukasiologie, Ostslawistik und Südosteuropastudien an der Friedrich-Schiller-Universität Jena. Nach ersten Übersetzungen von Gedichten nahm sie regelmäßig an Weiterbildungsseminaren des DÜF (Hieronymus-Programm, ViceVersa-Übersetzerwerkstätten) teil. Es folgten Übersetzungen von Kurzgeschichten und Romanen, u. a. von Ana Kordsaia-Samadaschwili, Rusudan Ruchadse und Anina Tepnadse.

Beka Adamaschwili
Bestseller

The book is published with the support of the Georgian National Book Center and The Ministry of Culture and Monument Protection of Georgia.

GEORGIAN
NATIONAL
BOOK
CENTER

MINISTRY OF CULTURE
AND MONUMENT PROTECTION
OF GEORGIA

Die vorliegende Übersetzung wurde durch ein Stipendium des Deutschen Übersetzerfonds e.V. gefördert.

DEUTSCHE ERSTAUSGABE
1. Auflage 2017

Verlag Voland & Quist, Dresden und Leipzig, 2017
© der deutschen Ausgabe by Verlag Voland & Quist GmbH
Korrektorat: Annegret Schenkel
Umschlaggestaltung: HawaiiF3
Satz: Fred Uhde
Druck und Bindung: CPI books GmbH, Leck

www.voland-quist.de

Aus dem Georgischen
von Sybilla Heinze

**Beka
Adamaschwili**

Roman

Bestseller

Voland & Quist

Gewidmet allen Bäumen, um den Schaden ein wenig zu kompensieren, der durch die Notwendigkeit einer Seite mit Widmung entstanden ist.

Inhalt

Anstelle des »Anstelle eines Vorworts«

Ich kenne wenige Leute, die gern Vorworte lesen. Und noch viel weniger, die gern welche schreiben. Wahrscheinlich deshalb, weil sie so sinnlos lang sind wie die Nacht des einundzwanzigsten Dezember, so obligatorisch wie gegenseitige Komplimente bei Banketten und so langweilig wie das mitternächtliche Fernsehprogramm.

Im Unterschied zum Obengenannten wird dieses Vorwort jedoch kurz ausfallen und zum Glück keinen Platz bieten für langatmige Vorwortfloskeln wie diese: »Der Stil des Autors zeichnet sich durch äußerste Raffinesse und Leichtigkeit aus«, »Erwähnt werden sollte die meisterhaft verwobene Symbolik, in welcher ...«, »Im eklektischen Charakter der Hauptfigur lassen sich erste Spuren der Melancholie erahnen« und dergleichen mehr. Nur so viel sei gesagt: Erstens beinhaltet dieses

Buch keinerlei tiefgründige und allumfassende Gedanken, und zweitens soll es nicht mit Symbolik überladen sein, deren Erhabenheit sowieso fast kein Mensch begreift. In vielen Fällen noch nicht einmal der Autor selbst.

Seid euch gleich im Klaren darüber, dass ihr in diesem Buch weder Kraftausdrücke, pornografische Szenen noch irgendwelche Skandale antreffen werdet, die dem Autor später fünfzehn Minuten gesellschaftlichen Ruhm bringen könnten. Stattdessen findet man Bilder und Dialoge, die das schmerzhafte Defizit der vorgenannten Dinge, wenn schon nicht vollständig, so doch zumindest bis zu einem gewissen Grade aufwiegen. Alles in allem ist das Buch leicht, unterhaltsam und – nach grober Schätzung des Autors – mühelos in sechstausenddreihundertfünfundzwanzig Atemzügen durchzulesen.

Noch ein paar Worte zu den Lokalitäten: Ein Teil der Handlung von »Bestseller«[1] spielt in Frankreich. Das Land wurde in diesem Fall eher zufällig gewählt und ist dem Klang des Namens der Hauptfigur – Pierre Sonnage – geschuldet. Der zweite Teil der Geschichte spielt in der Literatenhölle, und weil »ein Teufel leichter zu malen ist als ein Hahn, denn einen Hahn hat schließlich schon jeder mal gesehen, einen Teufel jedoch nicht«, fiel dem Autor die Beschreibung desselben wesentlich leichter.[2]

Was gibt es noch zu sagen? Willkommen in der Literatenhölle!

---

1 An dieser Stelle besonderen Dank an Alexandre (Che) Lortkipanidse, der das Buch schon vor dessen Entstehung auf diesen Namen getauft hat.

2 Ursprünglich hatte der Autor absolut nicht die Absicht, im Vorwort eine »weise Phrase« zu paraphrasieren, andererseits passte das konfuzianische Gleichnis von »Hahn und Teufel« dermaßen gut auf »Frankreich« und »Hölle«, dass er einfach nicht drum herumkam. (Anm. d. beschäm. Aut.)

»Mahalaleel war fünfundsechzig Jahre und zeugte Jared und lebte darnach achthundertunddreißig Jahre und zeugte Söhne und Töchter.«
(*1. Mose 5, 15-16*)

»Und sie aßen alle und wurden satt.«
(*Markus 6, 42*)

».«
(*James Joyce, »Ulysses«, nach jedem Satz*)[3]

---

3 Diese Zitate haben keine Verbindung zum vorliegenden Roman. Der Autor möchte nur die Illusion erzeugen, dass große Weisheit in seinem Buch steckt.

I.

Der PR-Schritt oder Hoppla in die Hölle

Pierre Sonnage war fest entschlossen, an seinem dreiunddreißigsten Geburtstag Suizid zu begehen. Der Grund dafür war alles andere als banal – weder hatte er seine Braut mit dem Trauzeugen in flagranti erwischt noch im Casino erst den Kopf, dann die Hoffnung und zuletzt sein ganzes Hab und Gut verloren; auch vergrub er sich nicht in existenziellen Fragen, die ihn im Sumpf der Vergeblichkeit hätten versinken lassen; und was die Hauptsache ist: Er hatte bei niemandem riesige Schulden – wenn man von der Sache mit Haus, Baum und Sohn absieht, natürlich. Tatsächlich war er während der Planung seines Suizids viel idealistischer gewesen, als die bloße Aussicht auf die Lösung des Dilemmas der Unsterblichkeit der Seele versprochen hätte.

Jedenfalls war Pierre Schriftsteller. Unbekannt zwar und nicht unbedingt einer, den man eine »Person des öffentlichen Lebens« nennen konnte, aber dennoch ein Schriftsteller. Er gehörte zu jener Kategorie Menschen, die lieber Bücher schreiben als lesen, und so hatte er neben zahlreichen Erzählungen in Zeitschriften schon vier Bücher herausgebracht. Er war quasi der Rubens unter den Schriftstellern – er schuf gern »dicke Werke«. Und ungeachtet der Dicke seiner Bücher waren die Gourmets unter den Lesern durchaus der Meinung, seine Bücher seien »geschmackvoll zu lesen«. So gut diese Einschätzung war, so gering war die Wertschätzung, weshalb es Pierre schwerlich gelang, sich mit Beigbeder, Le Clézio und Houellebecq *auf eine Plattform* zu stellen. Zur Vorstellung seines letzten Buches waren alles in allem nur zwölf Zuhörer gekommen. Klar, die Vorstellung war nicht gerade pompös gewesen und hatte abseits der breiten Öffentlichkeit stattgefunden, es waren nur Weingläschen und Baguettehäppchen gereicht worden, aber man muss zugeben, zwölf Zuhörer sind für ein Alter von dreiunddreißig Jahren trotzdem ziemlich wenig.

Natürlich hatte er auch dafür eine Erklärung parat. Pierre glaubte aus tiefstem Herzen daran, dass »die Gesellschaft bloß nicht reif für seine genialen Ideen« sei und sie deshalb für die »Bekehrung zur Wahrhaftigkeit« wirksamen Maßnahmen unterzogen werden müsse. Genau zu jener Zeit reifte im Kopf des Schriftstellers der Plan, mit dem diese ganze komplizierte Geschichte ihren Anfang nahm …

[In Anbetracht der Tatsache, dass Pierre Sonnage am Ende dieses Kapitels sowieso Selbstmord begehen wird, sieht der Autor vorerst davon ab, dessen Aussehen und Charaktereigenschaften zu beschreiben.]

Jawohl, Pierre entschied sich, zugunsten seiner eigenen Weiterentwicklung aus dem Leben zu scheiden, denn er wusste, dass der Tod eine unsterbliche Fähigkeit besitzt – er lässt den Respekt gegenüber den Menschen wachsen.[4]

Selbstmord schien ihm die einzige Chance auf ewigen Ruhm zu sein, daher hatte Pierre noch eine bewährte Maxime[5], nämlich: »Allererste Voraussetzung für die Unsterblichkeit ist das Sterben.«

Nun, da der Mensch aber mehr oder weniger nur einmal im Leben Selbstmord begeht, sollte dieses Ereignis für Pierre aufsehenerregend und pompös vonstattengehen. Dementsprechend begann er weit im Voraus mit der Planung. Für den Selbstmord schloss er die Benutzung eines Seiles von vornherein aus, da das Seil, welches Pierre in seinem Schrank fand, genauso abgenutzt war wie die Seilmethode selbst. Aus demselben Grund schied auch die Pistole aus. Erstens würde er schon, bevor er den Abzug gedrückt hatte, tausend Tode sterben. Zweitens war er fest davon überzeugt, dass sein Gehirn nach dem Tod Besseres verdiene, als an einer gewöhnlichen Wand eines gewöhnlichen Zimmers verteilt zu sein. Zum Beispiel, stolz in einem durchsichtigen Glas mit Speziallösung in einer Museumsvitrine ausgestellt zu werden. Er zog noch in Erwägung, dreiunddreißig Schlaftabletten zu schlucken, aber dann wurde ihm klar, dass ja nach seiner Obduktion

---

4 Er schrieb sogar in einem seiner Romane: »Hätte der Mensch zu seinen Lebzeiten solch starke Liebe erfahren, wie er es nach seinem Tode tat, so hätte dieser Mensch noch lange und glücklich leben können.«

5 Der Autor hätte selbstverständlich anstatt »Maxime« genauso gut »Wahrheit«, »Axiom«, »Weisheit« und noch abgenutztere Wörter benutzen können, aber da er Maximalist ist, beschloss er, eine Illusion der Intellektualität zu schaffen (intell. Anm. d. Aut.).

sowieso niemand die Anzahl der Tabletten nachzählen würde und diese Symbolik der Literaturgeschichte für immer verborgen bliebe. Freilich hätte er in einem Abschiedsbrief auf diesen Zusammenhang hinweisen können, aber, nun ja, wie sollte sich das lesen: »Nun, ich werde jetzt dreiunddreißig Jahre alt, und deshalb habe ich mich entschlossen, dreiunddreißig Schlaftabletten zu schlucken.« ›Nee, nee‹, dachte Pierre, ›das ist so primitiv, da würde ich mich eher umbringen, als das zu machen.‹

Es gab noch viele weitere Selbstmordmethoden: sich auf dem Hauptplatz von Rouen demonstrativ selbst verbrennen, aus seinem Fluss des Lebens in den Fluss Seine überwechseln, rohen Fugu verkosten, bei der Bank einen Kredit aufnehmen oder sich gar mit den eigenen Büchern in der Hand unter einen Zug werfen und mit aggressivem Marketing oder – vielmehr noch – mit schrillem Gekreische die Aufmerksamkeit der Reisenden auf sich ziehen.

Und weil Pierre sowieso der Meinung war, man müsse der Zukunft von Newtons Schultern aus entgegensehen[6], entschloss er sich, dem Tod aus maximaler Höhe in die Augen zu blicken. Mond und Mount Everest schieden natürlich von vornherein aus. Der Mond deshalb, weil er zu weit weg ist, und der Mount Everest – nicht weniger. Zumal es zweifelhaft ist, ob jemand irgendeinen im Orbit schwebenden oder im Schnee vereisten französischen Schriftsteller als Selbstmör-

---

6 Als Beweis dafür, dass für den Autor die Kenntnis des Wortes »Maxime« keinen Zufall darstellt, bezieht er sich in diesem Fall auf den berühmten Satz Isaac Newtons (und verstärkt ihn gar noch): »Wenn ich weiter sehen konnte, so deshalb, weil ich auf den Schultern von Riesen stand«, mit dem sich Newton seinerseits auf die großen Wissenschaftler vor ihm bezog.

der erkennen würde. Vorausgesetzt, man fände ihn überhaupt. Deshalb wählte Pierre mit glühendem Herzen und kühlem Kopf die Höhe aus, die zu erklimmen nicht allzu sehr anstrengte.

So landete er an seinem Geburtstag in Dubai. In einer nahezu aus dem Nichts erschaffenen Stadt, die nun Pierres Zukunft nahezu aus dem Nichts neu erschaffen sollte …

[In Anbetracht dessen, dass der Autor Landschaftsbeschreibungen jeglicher Art verabscheut und das Gedächtnis sich ohnehin gegen verschnörkelt formulierte architektonische bzw. räumliche Details wehrt, wird hier bewusst auf die Beschreibung der Sehenswürdigkeiten von Dubai verzichtet. Ein Bild vom Burj Khalifa im Internet zu googeln geht sowieso allemal schneller als eine drei Seiten lange Beschreibung zu lesen.]

Nun, Pierre sah den Burj Khalifa mit eigenen Augen, betrat auf eigenen Füßen den Lift, drückte mit eigener Hand den Knopf für die Etagenauswahl und bekam in den eigenen Ohren dieses Druckgefühl, welches (zumindest ihn) die Höhenveränderung spüren ließ. »Jeder hat sein eigenes Golgatha«, sagte Pierre zu einer etwa zweiundzwanzigjährigen, gerade zugestiegenen Frau, die dann in der achtundzwanzigsten Etage verwirrt ausstieg und wahrscheinlich noch einige Minuten lang über diesen Spruch nachdachte. Im Lift passierte dann nichts mehr, was Pierres Leben hätte ändern können. Weder stieg eine sexy Frau ein noch fiel der Strom aus, welches Pierre als göttliches Zeichen hätte deuten können. Im Gegenteil – die Kabine fuhr so langsam nach oben, dass Pierre Sonnage dreimal gähnen, vier Selfies machen, mehrmals seine Lieblingsmelodie summen, ein Romansujet erfinden und sich innerlich jenen sentimentalen Text zurechtlegen konnte, den er über die herzlose Welt während des freien Falls denken wollte. Er beruhigte sich jedoch damit, dass »der Weg nach unten wesentlich schneller vonstattenginge«.

Psychologen sind der Meinung (oder vielmehr: irgendwelche Leute sind der Meinung, dass Psychologen der Meinung sind), dass im Menschen beim Herabschauen aus großer Höhe in der Regel das Verlangen nach dem Hinunterspringen aufkommt. Im Falle von Pierre war das nicht so. Vielmehr hätte er es sich noch einmal anders überlegt, wäre dieser »Salto mortale« nicht für die PR notwendig gewesen. Als er sich jedoch auf dem Gipfel der Architektur den Gipfel seines eigenen Ruhmes vorstellte, winkte er ab und tat ohne großes Federlesen den *PR-Schritt* ins Leere …

… Pierre fiel dermaßen lange, dass er auf dem Weg erst an Galileis Fallgesetze glaubte, dann an Gott und am Ende – als er sich mit ausgebreiteten Armen der Straßenkreuzung näherte – von Newtons Gravitationsgesetz gründlich überzeugt war …

II.

Höllische Popularität

Veraltete idiomatische und oftmals auch idiotische Vergleiche waren Pierre schon immer gegen den Strich gegangen. Oft entschied er sich, lieber »ihre Stimme war süß wie der November« zu schreiben, statt sich über die Einzigartigkeit der Stimmbänder der Sirenen auszulassen. Zur Beschreibung von Schönheit benutzte er statt »Engel« lieber »schön wie das eigene Spiegelbild«. Zumal niemand je den Gesang von Sirenen gehört, geschweige denn Engel gesehen hatte.

Jedenfalls spürte Pierre, als er die Augen öffnete, gleich eine höllische Hitze. Aus irgendeinem Grunde hatte er angenommen, er würde – der Klassiker – die flackernde Einheitsbeleuchtung an einer Krankenzimmerdecke sehen, aber Fehlanzeige. Zum einen lag er für einen Sturz aus dem hundertachtundvierzigsten Stock erstaunlich unversehrt auf der

Erde, zum anderen sah das Tor vor ihm nicht unbedingt aus wie das einer Notaufnahme.

Pierre stand auf. Das Tor war groß, eingelassen in einen Arc de Triomphe, an den ein riesiger Zaun aus schwarzen Obelisken anschloss. Ringsum war Stille, am Tor jedoch stand ein Mann mittleren Alters, lächelnd und in eine fast vergessene mittelalterliche Tracht gekleidet. An seiner Seite befand sich ein Hund an einer gesprenkelten Leine, der ab und zu Feuer spie und wenn er sich bewegte, scharlachrote Spuren in der Luft hinterließ.

Schon von Weitem redete ihm der Mann mit italienischem Akzent gut zu:

»Habt keine Angst! Eigentlich ist der Hund friedlich gesinnt,
er kann nichts dafür, dass ihn so schuf Herr Conan Doyle,
er ist ein Praktikant – während im Urlaub weilt der Zerberus …«

… Ab dem folgenden Satz bemühte er sich aber um eine etwas zeitgemäßere Sprache, damit seine Art zu reden einem Schriftsteller des einundzwanzigsten Jahrhunderts nicht ein wenig spanisch vorkam.

Pierre kratzte sich am Hinterkopf. Das tat er meistens dann, wenn er verwirrt war. Jetzt war er wirklich genauso verwirrt wie James Cook, als dieser begriff, dass die hawaiianischen Eingeborenen nicht MIT, sondern AUS ihm einen Imbiss machen wollten. ›Normalerweise würde ich jetzt aufwachen und alles würde ein banales Ende nehmen‹, dachte Pierre und steuerte, weil jeder im Traum zweimal mutiger ist als in Wirklichkeit, geradewegs auf den italienischen Mann zu.

Außer dem Mann und dem Hund stand bei dem Tor ein flaches weißes Gerät der Marke Mac.Phisto, auf dem das Logo eines beidseitig angebissenen, von einer Schlange umwundenen Apfels prangte.

[Leider glaubt der Autor hier eine auffällige Anspielung entdeckt zu haben.]

»Das ist ein Hoffnungsdetektor. Wir versuchen, in Sachen moderne Technologien Fuß zu fassen. Oder, genauer gesagt, Hand.« Der Italiener strich mit dem Finger über den Bildschirm des Geräts, um es zu entsperren. »*Vivere est militare* ...[7] Lasst, die Ihr eintretet, alle Hoffnung fahren!«

»Das heißt?« Pierre begriff, dass er schon nichts mehr begriff.

»Das heißt, ich habe die große Hoffnung, dass Euch keinerlei Hoffnung geblieben ist.«

»Ich für meinen Teil habe keine, und meine Leser erst recht nicht.« Pierre musste ob dieser Selbsterkenntnis schmunzeln und beschloss, in dem Traum mitzuspielen. »Alles was ich hatte, habe ich dort zurückgelassen. Hmm, im vorherigen Leben, Signor ...«

»Alighieri, Dante Alighieri«, ergänzte der Mann und gab auf einer elektronischen Tafel »1984« ein, um das Tor zu öffnen. »Na dann, seid herzlich willkommen ... in der Literatenhölle.«

---

7 (lat.) »Leben heißt Kämpfen«. Weder diese noch andere ähnliche lateinische Phrasen haben etwas mit dem Text zu tun. Der Autor ist nur einfach der Ansicht, lateinische Sentenzen geben dem Schreiben eine besondere Würze.

»Die dort zurückgelassene Hoffnung« wurde also Wirklichkeit.

Banal ausgedrückt: Solch große Beliebtheit hätte Pierre sich nie im Leben träumen lassen. Für diese Popularität schienen ein paar sentimentale Schlagzeilen völlig auszureichen – »Ein aussichtsloser Schritt eines aussichtsreichen Schriftstellers«, gespielte Verwunderung auf dem Gesicht des Türnachbarn und dessen vorsichtige Skepsis – »Also, in letzter Zeit kam er mir recht fröhlich vor«, die vom Blatt abgelesene Rede des Präsidenten über »die unermessliche Trauer über einen unermesslichen Verlust«, dann zehnfach die Version der Klatschpresse, er sei »in Wahrheit ermordet« worden, sei »einfach unglücklich ausgerutscht«, habe »in der Liebe kein Glück gefunden« (und die Journalisten trieben tatsächlich irgendeine Charlize auf, die »Pierre vor sieben Jahren im Abstand von drei Sekunden zweimal auf den rechten Winkel der Oberlippe geküsst hatte«), er sei »gay« gewesen (und Charlize heiße »in Wirklichkeit nicht Charlize, sondern Charlie«), er habe »einige Staatsgeheimnisse gewusst«. Und er habe »dies getan«. Und sei »jenes gewesen«. Und so weiter und so weiter.

Auf die Meldungen im Fernsehen folgten die Zeitungsmeldungen. »Prosaiker, der poetisch starb«, schrieb eine (was daran poetisch sein soll, aus riesiger Höhe mit der Schläfe auf den Asphalt zu knallen, kann sich wahrscheinlich nur ein Journalist vorstellen). »Seine Bücher sind wie prasselnder Regen, der unser vom Alltag verwittertes Bewusstsein nährt«, schrieb eine zweite, eine ältliche Kulturkolumnistin. »Pierre litt an Altophobie[8], sonst hätte er auf jeden Fall den Gipfel seines kreativen Schaffens erklommen«, schrieb der dritte, ein selbstverliebter Autor. »Hätte er nur ein paar Jahrhunderte eher gelebt, hätte Napoleon vor seinem Tod auf jeden Fall gesagt: ›Frankreich, die Armee, Josephina, Pierre …‹«, schrieb der vierte, ein bekannter Literaturkritiker, wobei er dachte, hätte er nur eins von Pierres Büchern gelesen, könne er kompetentere Urteile abgeben.

Auch die Leser waren von so grenzenlosem Enthusiasmus erfüllt, dass Pierres Bücher innerhalb weniger Tage vergriffen waren. In sozialen Netzwerken tauchten unzählige Kommentare auf, in denen Pierre, mit tausenderlei Emojis verziert, als »der Proust/Sartre/Flaubert/Mérimée/etc. unserer Zeit«, »eine Karyatide[9], auf die sich die französische Literatur stützte«, »ein literarischer Jongleur, der mit Worten spielte«, »ein Genie, dessen Bücher nie ein Lesezeichen brauchten« und vieles mehr bezeichnet wurde. Das verbale Bedauern wurde mit derart vielen Herz- und Kusssymbolen illustriert, dass einen zeitweise der Gedanke an Massennekrophilie befallen konnte. Die Menschen litten, die Menschen weinten, die Menschen ersetzten ihr Profilbild durch Bilder von Pierre, und Pierres Image wandelte sich immer mehr zum Positiven.

Wie dem auch sei, mit einem Schritt nach vorn hatte Pierre das erreicht, wonach er all die dreiunddreißig Jahre vergeblich gestrebt hatte – *er wurde vergöttert.*

---

8 Dem Autor ist klar, dass die absolute Mehrheit der Leser zu faul sein wird, dieses Wort nachzuschlagen, deshalb erklärt er gleich, dass »Altophobie« Höhenangst bedeutet.

9 Der Autor scheute sich nicht, die genaue Bedeutung von »Karyatide« zu googeln und fand heraus, dass es »eine stützende Säule eines Gebäudes ist, die eine Menschenskulptur darstellt«.

III.

Lucy usw.

»Wie schon gesagt, das ist die Literatenhölle«, Dante hob in einem Ton an, in dem öffentliche Redner sprechen, wenn sie mit einem Filzstift irgendwas an die Tafel malen und sich für klüger halten als alle Zuhörer. »Es hat sich herausgestellt, dass es überhaupt keine Höllenkreise gibt und die Hölle weitaus weniger beängstigend ist, als ich gedacht hatte. Wie heißt es so schön: ›Geh in den Himmel wegen des Klimas, zur Hölle wegen der Gesellschaft.‹[10] Die einzige Unannehmlichkeit bei uns ist, dass in der Hölle jeder Schriftsteller gemäß seiner literarischen Sünden bestraft wird, das heißt, so wie er einst seine Leser gequält hat, so wird auch er selbst gequält werden ...«

---

10 Hier weist der Autor Dante darauf hin, dass es bei der Verwendung fremder Zitate nicht schlecht wäre, Autorenrechte zu beachten.

›Oh …‹, war Pierres einziger Gedanke, denn aufgrund des hohen Sprechtempos Dantes konnte er gar keinen längeren Gedanken fassen.

…»Im Prinzip ist auch eine andere Art Strafe nicht ausgeschlossen«, Dante war ein wenig wie Einstein, er konnte seine Zunge genauso wenig im Zaum halten, »manche dürfen beim Schreiben nicht rauchen, andere – Balzac zum Beispiel – keinen Kaffee trinken. Wenn man ihn ließe, würde er daran sterben.«[11]

[… Solange Dante schwafelt, schlägt der Autor die Zeit tot und sagt euch, dass er weder jetzt noch in Zukunft die Erhabenheit der im Wind rauschenden und leise säuselnden Prärie, das Aussehen und die grundlegenden Charaktereigenschaften verschiedener eigenartiger Wesen – zum Beispiel des Regenbogenfischs –, die Kleidungsdetails der Personen, die Dekoration der antiken Möbel in ihren Zimmern oder die Weichheit des Flaums auf ihren Wangenknochen beschreiben wird. Deshalb trug Dante genau die Kleidung, die wir mit einem im Mittelalter lebenden Menschen assoziieren …]

…»Die Höchststrafe ist immer noch die Schaffenskrise«, fuhr Dante fort. »Dumas bekam sie gleich bei seiner Ankunft, und damit er nicht durchdreht, schreiben seitdem andere Leute seine Bücher …«[12]

Pierre befand sich in jener Phase der Verwirrung, in der man sich im Traum wähnt und keine Argumente dafür findet,

---

11 Das tat er dann auch zu seiner Zeit. (iron. Anm. d. Aut.)

12 Bei der Festsetzung der Strafe in der Hölle wurde der weit verbreiteten Ansicht Rechnung getragen, Alexandre Dumas der Ältere habe einfach die Kapitel umrissen und die Bücher in Wirklichkeit von »Geisterschreibern« verfassen lassen.

sich von der Echtheit des Geschehens zu überzeugen. Nun, die Hölle war tatsächlich keine Hölle im wahrsten Sinne des Wortes. Da hätte man manche Viertel von Paris (wo Pierre leben wollte) und Cannes (wo Pierre lebte) noch eher Hölle nennen können als diesen Ort hier. Ein Ort, wo Leser die winzigen Gassen regelmäßig mit angesengten oder zerrissenen Buchseiten zupflasterten (»Manchmal taugt das Buch nichts und manchmal der Leser«, erklärte Dante) und hie und da heruntergerissene Wahlplakate herumlagen.[13]

»Schlachthof 5«

Vonnegut – Autokraten

---

13 »Schlachthof 5« – Vonneguts berühmtes Werk. Es ist jedoch unbekannt, warum in der Erläuterung ein Werk vorkommt, von dem der Autor stur behauptet, dass es berühmt sei.

»Dort ist der unangenehmste Ort der Hölle.« Dante zeigte umgefähr in Richtung Straßenecke. »Die Rue Morgue … Dort passieren Dinge, bei denen selbst Professor Dowell den Kopf verlieren würde …«

»Bekommen alle eine Strafe? Werde auch ich bestraft?« Pierre interessierte sich für Professor Dowells Schicksal genauso wie für die innenpolitische Lage der Seychellen.

»Selbstverständlich, schließlich ist das hier die Hölle. *Mea culpa.* Zum Urlaubmachen hättest du in deinem Cannes bleiben und an der azurblauen Küste des Mittelmeeres das Leben genießen können – wie eure Reisebüros so sagen. Schau mal, auch ich habe eines Tages meine Nase in die Höllenangelegenheiten gesteckt, nun diene ich allen Neuankömmlingen als Fremdenführer und erzähle ihnen immer ein und denselben auswendig gelernten Text. Zwar heißt es *Repetitio est mater studiorum*[14], aber ich wiederhole dermaßen oft ein und dasselbe, dass ich mich schon für Poes Raben[15] halte.«

»Ein gutes Gedicht«, warf Pierre ein, aus dem einfachen Grund, dass sich Dantes Rede nun schon über mehr als dreißig Zeilen hinzog und dies den Leser ermüden könnte.

»Außerdem wollen in letzter Zeit alle, die Skizzen über barfuß im strömenden Regen rennende Mädchen oder über die vernebelte, von Falten durchfurchte Stirn eines alten Man-

---

14 (lat.) »Wiederholung ist die Mutter des Wissens«. Ihr habt das bestimmt schon mal gehört, aber trotzdem: REPETITIO EST MATER STUDIORUM.

15 Edgar Allan Poes Rabe wiederholt das ganze Gedicht lang ein einziges Wort: *Nevermore*. Dem Autor kommt jedoch der Verdacht, dass es sich bei dem Raben in Wirklichkeit um einen Papagei gehandelt haben könnte. Und obendrein hatte dieser offenbar einen sehr faulen Trainer.

nes schreiben, Schriftsteller werden und ein Buch veröffentlichen. Dem guten Gutenberg würde die Galle hochkommen … Er druckte sich für immer ins Bewusstsein der Menschen und lässt dank seines großen Beitrags zur Literaturverbreitung im Erfinderparadies die Seele baumeln. Und ich muss wegen seiner dummen Erfindung pro Tag mindestens zehn Schriftsteller treffen und sie mit diesem Ort bekannt machen. Wenn es so weitergeht, haben wir bald mehr Schriftsteller als Leser.«

»Und wie werde ich bestraft?« Pierre fielen seine eigenen vier Bücher und zwölf Leser ein.

»Das entscheidet Mephistos höllische Kommission, aber, wie schon gesagt, bei uns werden die Schriftsteller hauptsächlich für die Klischees gequält, mit denen sie zu Lebzeiten ihre Leser gequält haben. Irgendwie *Divide et impera* … oder so.

Nun, in einem fensterlosen dunklen Raum sind beispielsweise jene Schriftsteller eingesperrt, die in dieser oder jener Phrase die große Illusion einer Allusion schufen, aber in Wirklichkeit symbolisierten ihre Entwürfe absolut nichts. Wie kann das gehen? Du schreibst etwas, dann sitzt der arme Forscher und zerbricht sich den Kopf darüber, ob die ›im Tal entfaltete Lilie‹ eine Anspielung auf das Matthäusevangelium ist oder ob einfach nur des Schriftstellers Vorliebe für Botanik zutage trat.«

»Und was machen sie in dem dunklen Zimmer?«

»Sie suchen die Grinsekatze. Aber soll ich dir was verraten?« Dante blinzelte teuflisch und grinste breit. »In Wirklichkeit ist sie überhaupt nicht dort.«[16]

---

16 Ironie des Schicksals: In dieser Strafe für Anspielungen steckt eine Anspielung auf ein Zitat eines alten Philosophen: »Das Schwierigste ist, eine schwarze Katze in einem dunklen Raum zu suchen, besonders

Hätte er die ihm zustehende Strafe gekannt, hätte Pierre vielleicht auch gegrinst, aber ihm fielen seine geistreichen Metaphern ein, und dem Wunsch zu lächeln war der Weg in die Mundwinkel versperrt.

»Dort ist Sherwood Forest ... Dort hausen die Plagiatoren unter den Schriftstellern, aber du musst keine Angst haben. Die rauben hauptsächlich Klassiker aus. Sie stehlen goldene Metaphern, glänzende Vergleiche und wertvolle Romansujets, da ihnen die Strafe auferlegt wurde, den literarischen Reichtum unter den spät berufenen und schwachen Schriftstellern zu verteilen.«

»Meinst du die da?« Pierre wies auf die Leute, die Richtung Sherwood Forest liefen.

»Nein, das sind die selbstzerstörerischen Schriftsteller. Sie müssen so lange arbeiten, bis sie so viele Bäume im Wald aufgezogen haben, wie durch den Druck ihrer sinnlosen Bücher gefällt worden sind.«

Hier fiel Pierre nun die Dicke seiner eigenen Romane ein, und er erschauerte.

»Die tun mir besonders leid.« Dante wies auf eine Menschengruppe am Straßenrand. »Hier sitzen diejenigen Schriftsteller, die Dialoge nicht schätzen und den Leser Dutzende Seiten lang auf Anführungsstriche warten lassen.«

»Dialoge sind wirklich notwendig«, stimmte Pierre zu, um am Dialog teilzunehmen. »Und warten sie jetzt auf jemanden?«

»Ja«, sagte Dante teuflisch grinsend, »auf Godot.«

---

dann, wenn sie gar nicht dort ist.« Um sich weitere Erläuterungen zu sparen, wirft der Autor ein, dass es sich um die Grinsekatze handelt, also die Katze, die bei Alice ab und zu verschwindet.

* * *

»Ein echtes ›Happy End‹ gibt es nicht – es kommt lediglich darauf an, den Punkt im richtigen Moment zu setzen.«
Pierre Sonnage, »Ein Leben wie ein Film«, 2010

Lucy hatte ein fotografisches Hobby: Sobald sie eine reflektierende Oberfläche sah, machte sie ein Selfie, überall. In ihrem Tee, im Autorückspiegel, im Auge ihrer Freundin, im Duschkopf, mit ihrem iPhone im iPhone eines anderen, in den konzentrischen Kreisen, die bei Regen in Pfützen entstehen, sowie an tausend anderen Orten. Jedenfalls benutzte sie das Bad öfter zum Fotografieren als zum Duschen und glaubte, die Kunst des Fotografierens läge nicht im Finger des Fotografen, sondern im Auge des Betrachters.

Lucy war ein Sturster.[17] Sie achtete immer darauf, dass zwischen ihr und der Masse ein unüberwindlicher Limes bestand, obwohl Lucy im alltäglichen Gespräch »Limes« und andere archaische Worte nie gebrauchte. Im Gegenteil: Sie benutzte dermaßen moderne Termini, dass sie die Bedeutung jener Wörter manchmal selbst nicht wusste. Tagsüber lief sie immer mit einer großen, bunt gerahmten Brille herum, nachts jedoch, wenn sie gleichzeitig Brille und Sturstermaske abnahm, wurde sie zum Durchschnittsmädchen – mit den üblichen nächtlichen Gefühlen (die einem bei Tagesanbruch lächerlich vorkommen) und für einen Sturster unüblichen Gedanken (zum Beispiel, dass »die Zukunft die zukünftige Vergangenheit« und »die Vergangenheit die vergangene Zukunft« sei). Ihr Aussehen war schön zu nennen. Nicht auf die Art schön,

---

17 »Sturster« – eine erfundene Bezeichnung. Eine Mischung aus Hipster und Sturkopf.

dass ihre Freundinnen, wie heutzutage üblich, voller gespielter Bewunderung ihr Profilbild entsprechend kommentieren würden. Sondern eine echte Schönheit. Mit langem braunem Haar und großen grünen Augen. Sie mochte es, vorm leise gestellten Fernseher zu schreiben und mit Freundinnen Filme zu schauen, die sie schon drei-, viermal gesehen hatte – weil sie über deren Reaktionen auf ihre Lieblingsszenen staunen konnte.

Lucy war in einem Alter, wo Mädchen eher ihr Tagebuch verstecken als ihr Alter. Sie wollte jedoch nicht eine französische Anne Frank sein, außerdem erschien ihr das Format Tagebuch – »ein brontosaurisches Überbleibsel aus der Epoche der Brontës« – im einundzwanzigsten Jahrhundert ein bisschen angestaubt. Zu diesem Jahrhundert passte eher ein Blog. Ein Online-Tagebuch, in dem man über alles schreiben konnte, ohne das Sturster-Image oder die Anonymität zu verlieren: *»Ich liebe den Herbst. Die Jahreszeit des Blätter-Suizids. Oh Gott, könnte nicht immer Herbst sein?«*

Gott schenkte solchen Bitten normalerweise recht wenig Aufmerksamkeit, außerdem glaubte Lucy sowieso nicht so richtig daran, dass irgendwo dort, wo sich Stratosphäre und Mesosphäre kreuzten, jemand existieren sollte, der tagtäglich jeden einzelnen der gottlos vielen – mehr als sieben Milliarden – Menschen erhören konnte. Für Lucy war Gott eine Art Placebo, ein Mittel, um Ziele mithilfe des Glaubens zu erreichen. Ohnehin hatte Lucy einen wahren Gott hier auf Erden:

»Heute ist die Präsentation von Pierres Buch!!! Ich hab mich so darauf gefreut, wie man sich am Montagmorgen beim Aufwachen auf den Freitagabend freut!!!«

Jedenfalls war Pierre Schriftsteller. Unbekannt zwar und nicht unbedingt einer, den man eine »Person des öffentlichen

Lebens« nennen konnte, aber dennoch ein Schriftsteller. Jedoch würde es Pierre schwerfallen, sich mit Beigbeder, Le Clézio und Houellebecq auf eine Plattform zu stellen. Und nicht nur das, zu seiner letzten Buchpräsentation waren gerade einmal zwölf Leser gekommen ...

Unter ihnen – Lucy.

Pierre kannte Lucy flüchtig. Und zwar auf dem Niveau einer Schriftsteller-Leser-Beziehung, was bedeutete, ein Autogramm ins Buch zu schreiben und beiderseits einige Phrasen mit Anspruch auf Scharfsinnigkeit von sich zu geben. Die Phrasen gab hauptsächlich Pierre von sich, Lucy lächelte nur. Zur letzten Buchpräsentation hatte Pierre sie jedoch schon mit Vornamen angesprochen. Das kam für Lucy so überraschend, wie wenn er sie mit Vornamen angesprochen hätte. Also genauso überraschend, wie es eben war ... Danach gab Pierre ein paar Phrasen mit Anspruch auf Scharfsinnigkeit von sich, und alles verlief wieder in gewohnten Bahnen.

... Es werden ein paar Tage vergehen, Lucy wird an einem herbstlichen Baum im Park stehen und feststellen, dass alles gar nicht so einfach ist, wie sie anfangs gedacht hatte. Sie wird es feststellen, als sie in einen Mantel gehüllt Pierres neues Buch liest und auf der einundsiebzigsten Seite einige mit Tinte geschriebene Ziffern, sieben Wörter und eine eigenartige Zeichnung entdeckt. Das wird genau dann geschehen, wenn Pierre den Lift des Wolkenkratzers betritt, um zum Gipfel seiner Berühmtheit aufzufahren, und mit der in der achtundzwanzigsten Etage aussteigenden Mitfahrerin ein Gespräch über die individuelle Verteilung der Last Golgathas anfängt. Lucy ihrerseits wird vom Lesen hingerissen sein und jene Stille des vom Lärm ermüdeten Parks, die sich ganz langsam um sie herum senkte, kaum beachten. In Büchern wird das meist

»unheilvolle Stille« genannt. So ein Unheil wie beispielsweise ein Telefonklingeln fünf Uhr morgens.

Dann aber kommt: Hopp ...

... Pierre fiel dermaßen lange, dass er auf dem Wege erst an Galileis Fallgesetze glaubte, dann an Gott und am Ende – als er sich mit ausgebreiteten Armen der Straßenkreuzung näherte ...

... Ein Blatt fiel lautlos vom Baum ins Buch. ›Noch ein herbstlicher Suizid‹, dachte Lucy und klappte das Buch zu. ›Ein prima Lesezeichen ...‹

IV.

Usw. und Lucy

Um eine Unterkunft zu finden, musste Pierre die ganze Hölle durchqueren. Die Bakerstreet war lang, so lang wie das Wort Hippopotomonstrosesquippedaliophobie[18] und so langweilig wie »Die Buddenbrooks«. Die Straße säumten gleichartige, leblos aneinandergereihte Häuser. Ringsum war niemand zu sehen, bis auf einen Mann, der auf der Straße unterwegs war.

»Der arme Kerouac«, meinte Dante, »er läuft und läuft. Den ganzen Tag.«

Beim Anblick jeder neuen Strafe fielen Pierre seine eigenen literarischen Sünden ein, und ihm brach, so weit das in der Hölle möglich war, der kalte Schweiß aus.

---

18 Die Angst vor langen Wörtern, die dem Autor allerdings fremd ist.

Die Bakerstreet war eine ganz normale Straße (»aber auch eine *Via Dolorosa*«[19], wie Dante betonte) mit den üblichen Reklametafeln (»Tattoos billig und schmerzlos« – Larsson & Co.), Schablonenkunst (Stendhals Gesicht in Rot auf schwarzem Grund) und Graffiti (»Nietzsche ist tot« – Gott).

In der Literatenhölle dämmerte es unliterarisch. Hie und da flackerten bald erlöschende Heiligenscheine.

---

19 (lat.) Leidensweg. Hurra! Diesmal hatte Dante sogar einmal eine situativ passende lateinische Phrase parat.

»In Kürze wird Goethes neues Energieprojekt umgesetzt, und mehr Licht[20] wird diesen Ort fluten«, plauderte Dante über die Zukunftspläne für die Bakerstreet und lenkte unvermittelt die Aufmerksamkeit auf ein nachlässig an eine Hauswand gepinntes Konzertplakat. »Ab und zu amüsieren wir uns auch. Besonders, seitdem Kafka hier ist. Er hat eine solche Metamorphose hinter sich, er ist kaum wiederzuerkennen. Er hat mit dem Singen angefangen und eine Ein-Mann-Band gegründet – The Beatle[21]. Noch ist er im Entwicklungsprozess, aber …«

… aber Pierre hörte Dante nicht mehr richtig zu, sondern dachte darüber nach, dass Einschübe zwischen einzelnen Sätzen der wörtlichen Rede, wie zum Beispiel »Pierre hörte Dante nicht mehr richtig zu, sondern dachte darüber nach, dass …«, im Grunde so nichtssagend und veraltet waren wie die in der letzten Sekunde entschärfte Bombe im Hollywoodfilm oder die näher kommenden Polizeisirenen am Ende von Kampfszenen …

»In dieser Straße wohnen hauptsächlich Klassiker. Entsprechend ist die Bestrafung recht klassisch und individuell«, fuhr Dante fort und passierte ein Denkmal, unter dem der unbekannte Hund begraben lag. »Schau mal da, Victor Hugo beispielsweise geht mit solcher Gewissenhaftigkeit an Details, wie nötig ist, um das Wort ›Gewissenhaftigkeit‹ auszusprechen. Hier sitzt er nun und muss all jenes in Worte fassen, was von den Schriftstellern der Weltliteratur mit ›nicht in Worte zu fassen‹ bezeichnet wurde.«

Pierre war bewusst, dass man über die Klassiker entweder nur Gutes sagen sollte oder gar nichts, denn der Name ei-

---

20 Für Dante gewöhnliche Worte, für Goethe hingegen die letzten.
21 Eine mühelose Anspielung auf Samsa, der sich durch Metamorphose in einen Käfer verwandelte.

nes Klassikers ist in der Regel genauso unantastbar wie seine Bücher in den Regalen. Pierre war aber ebenso bewusst, dass solche Abschweifungen während einer Erzählung genauso überflüssig waren wie die Fortsetzungen der »Drei Musketiere« und genauso langweilig, wie in jedem Satz »genauso wie«- Vergleiche zu ziehen …

»Dort drüben wird Bulgakow gequält. Er schreibt und schreibt und schreibt. Sobald er einen Schlusspunkt setzen müsste, kommt Bradbury und verbrennt die Aufzeichnung.[22] *Dum spiro, spero* …

Am allerschlimmsten hat es Joyce erwischt – seit er hier ist, muss er seine eigenen Bücher lesen und Fußnoten erstellen. Bisher hat er nur zehntausendzweihundert Seiten geschafft …«

›Ob wir noch lange so herumlaufen müssen?‹, dachte Pierre und grübelte nun darüber nach, wie inflationär das Wort »dachte« in Erzählungen gebraucht wird – und warum die Autoren nicht öfter die Methode der drei Sternchen anwenden …

---

22 Übrigens sagte Bulgakows Held an einer Stelle: »Aufzeichnungen brennen nicht.«

* * *

»Sehnsucht ist kein zeitliches, sondern ein räumliches Phänomen. Es kommt vor, dass man einen Menschen einen ganzen Monat lang nicht treffen kann, aber wenn er fort ist und die Wahrscheinlichkeit einer Begegnung gen null tendiert, vermisst man ihn von der ersten Woche an.«

Pierre Sonnage, »Memento Moriarty«, 2008

Lucy war nicht nur ein Sturster, sie war auch retrosexuell. Wie für einen Sturster üblich, mochte sie moderne Kunst (übereinandergehäufte amorphe Figuren, Gemälde aus mehreren Farbschichten, aus Abfall arrangierte Installationen) und, wie für einen Retrosexuellen üblich, alles Alte (außer Brot natürlich). Nun, das Wort »mochte« trifft es in diesem Fall nicht ganz, eher »verlangte ihr Image, dass sie mochte«, da in ihren Kreisen Godard wie ein Gott verehrt wurde, und wenn wir an Fellini, Tarkowski und Bertolucci zurückdenken, wurde der oben genannte Monotheismus schon langsam zu Regisseurs-Polytheismus …

… An jenem Abend, als Lucy von Pierres freiem Fall erfuhr, schaute sie sich in einem alten Filmtheater eine göttliche Komödie von einem dieser Götter an. Oder, genauer gesagt, »irgendwas von Fellini«. Nach einem halbstündigen Kampf mit sich selbst musste Lucy jedoch zugeben, dass Fellini manchmal langweilig sein konnte. Die folgende halbe Stunde grübelte sie darüber nach, wie sie den Kinosaal verlassen könnte, ohne dass ihre Freunde von ihrer kinematografischen Blasphemie etwas mitbekämen. Ihr klingelndes Handy löste das Problem.

41

»*Das war eine Tragödie während einer Komödie*«, schrieb Lucy später auf ihrem Blog, »*der schlimmste Moment meines Lebens. Ein Anti-Märchen, das mit ›Es war einmal‹ endete. Oh Gott, wie soll ich nur ohne Pierres Bücher leben?!*«

Gott hatte diesmal keinen Elan, Lucy eine Antwort zu geben. Das war etwa so, wie wenn »GESEHEN« unter deiner Nachricht steht und trotzdem keiner auf dich reagiert. Pierres Tat allerdings blieb nicht unbeantwortet …

»*Ich hasse diese frisch geschlüpften Fans … von der PR angetriebene Pierrianer*«, schrieb Lucy. »*Für die braucht man sich nur umzubringen, mehr brauchen die gar nicht! Pfui!*«

Lucys Ärger währte nur so kurz wie ein Wochenende, denn alsbald war sie darin vertieft, die Chiffre in Pierres neuem Buch zu lösen, und vergaß darüber vollkommen die Leute. Leute, die über Pierre redeten, die Pierre mochten, die Pierre verteidigten, aber eben auch meist Leute, die seine Bücher nicht einmal gelesen hatten.

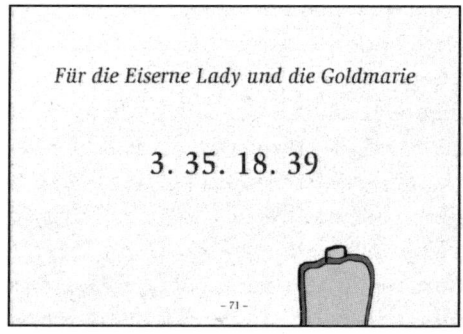

Für die Eiserne Lady und die Goldmarie

3. 35. 18. 39

– 71 –

42

V.

Chiffre um Chiffre

»Nun, wir sind da.« Dante blieb vor einem hohen vierzehn-
stöckigen[23] Gebäude stehen. »Shakespeares Hotel namens
›Hothello‹! Mit perfektem Service, perfekten Zimmern, perfektem Personal. Ein echtes Paradies, kurz gesagt.«

»Ein echtes Paradies in der Hölle. Wie in den Reklame-
heftchen, stimmt's?« Pierre lächelte, und ihm fiel auf, dass
es bedeutungsvollere Verben als »lächeln« gab. »Nachhaken«
zum Beispiel. »Und werde ich dieses Paradies etwa bald wieder verlieren?«

---

23 Hier weiß der Autor genau, dass kein Mensch der Verbindung zwischen den vierzehn Etagen des Hotels und den vierzehn Versen von
Shakespeares Sonett Beachtung schenken wird, deshalb ist es unab-
dingbar, dies in der Fußnote zu erwähnen.

»Zunächst wird die Mephistopheles-Kommission über die Frage deines Seins oder Nichtseins entscheiden. Weiß der Teufel, wann das sein wird. Deshalb: Solange du Zeit hast – enjoy hell! Für mich ist es jedoch Zeit zurückzugehen. Wir erwarten dieser Tage Vargas Llosa, und ich muss aufpassen, dass er nicht auf den Weg zum Paradies einbiegt. Du weißt ja: *De mortuis nil nisi bonum.*«

Pierre war nicht gerade begeistert von lateinischen Phrasen. Besonders, da er nicht wusste, dass Dante keine große Bedeutung in diese Phrasen legte und sie nur deshalb benutzte, damit dieses Buch (oder eher seine Fußnoten) einen gewissen Ruf erlangten. Außerdem nickte Pierre bei Dantes letzter Phrase mit so einem neutralen Lächeln, welches Leute manchmal aufsetzen, wenn sie beim Gespräch etwas nicht verstanden haben, aber sich nichts anmerken lassen wollen. Nun, selbst Dante hatte für so viele Gedanken keine Zeit mehr. Er hatte es so eilig, dass er innerhalb eines Wimpernschlags Pierres verschwunden war. Er war im Nu verschwunden – wie der fünfundzwanzigste Frame.

Dantes Verschwinden warf in Pierres Bewusstsein einen winzig kleinen Tsunami beziehungsweise unzählige Fragezeichen auf. Er dachte viel nach und dachte wenig darüber nach, ob er viel dachte oder wenig dachte, am Ende traf er eine banale Entscheidung, die charakteristisch war für einen Mann, der vor einer offenen Tür steht: Er ging hinein.

»Willkommen in unserem Hotel! Sie werden sich von Totenkopf bis Fußknochen wohlfühlen. Haha ...« Gleich beim Eintreten vernahm Pierre die fröhliche Stimme. »Hier bin ich ... hier. Ich möchte Sie bloß schon einmal warnen, dass ich es nicht mag, wenn über mein Äußeres gespottet wird.«

Die Stimme kam vom Empfang und gehörte einem Menschgewesenen, der ungeachtet dessen, dass er keine Zunge hatte, unaufhörlich plapperte.

›Wenn das so weitergeht, dann wundert mich irgendwann gar nichts mehr‹, dachte Pierre. ›Ich stehe hier, spreche mit einem Schädel und finde das so normal wie den Wecker auf fünf Minuten früher einzustellen, um nach dem Klingeln noch fünf Minuten länger zu schlafen.‹

»Guten Tag, ich bin Yorick und ich bin ein Schädel … haha … Wie in Ihrem Klub der anonymen Dingsbums … Guten Tag, Yooooriiiick …«, der Kopf antwortete sich selbst und richtete seine Augenhöhlen auf Pierre. »Kommen Sie, lassen Sie sich registrieren … ein schönes Zimmer mit Desdemonium-Blick hab ich … ein gutes Zimmer, kostenlos … eins … wer bietet mehr … ein gutes Zimmer, kostenlos … zwei … Hey, Sie, junger Mann, was würden Sie für ein gutes kostenloses Zimmer bezahlen? Ein ganzes Königreich? Ahaa-ha-ha … Ihr Humor gefällt mir. Ihnen wird es bei uns bestimmt gefallen. Hier, die Schlüssel, bitte schön … Ich wünsche Ihnen einen ruhigen Urlaub! *Have a rest … in Peace.*[24] Und vergessen Sie nicht, vor dem Schlafengehen zu beteeeen …«

Sogar am Fahrstuhl konnte Pierre die Stimme noch hören: »Ich kann keine Anrufe annehmen. Deshalb müssen Sie selbst herunterkommen, wenn Sie etwas brauchen. *Bringen Sie sich bloß nicht um* mit irgendwelchen Anrufen am Empfang. Haha …«

* * *

---

24 aka – R. I. P.
   aka – also known as
   also known as – (engl.) auch bekannt als

45

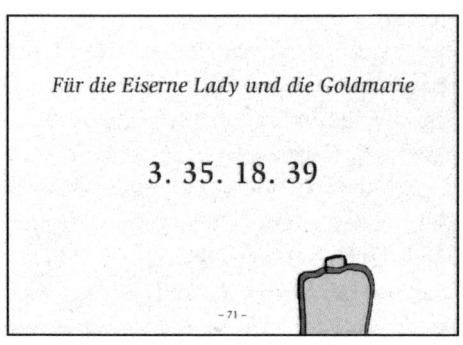

Für die Eiserne Lady und die Goldmarie

3. 35. 18. 39

»Ein Mensch, der dauerhaft nicht schläft,
ist sein eigener dauerhafter Feind.«
Pierre Sonnage, »Memento Moriarty«, 2008

Lucy bekam die ganze Nacht kein Auge zu, statt weißem Rauschen hatte sie bunte Murmeln im Kopf, weshalb ihr das Lösen von Pierres Chiffre noch mehr Schwierigkeiten machte, als vielleicht sogar Pierre erwartet hatte. Auf der Suche nach dem Schlüssel hatte sie erst das ganze Buch durchgelesen, dann auf der dritten Seite das fünfunddreißigste Wort abgezählt, beim Anblick des Wortes »an« jedoch begriffen, dass sie auf dem Holzweg war. Danach wälzte sie erst Margaret Thatcher, dann fiel ihr die Legende von Midas' Kind ein, dann grübelte sie über die Bedeutung der Tasche, die unten auf die Seite gemalt worden war, aber letztendlich kämpfte sie an allen Fronten vergeblich, es gelang ihr keine Schliemannsche Entdeckung.

Im Allgemeinen waren diese Rebusse, Chiffren, Rätsel und anderen detektivischen Elemente Pierres Hauptstilmittel. Jedes seiner Bücher stellte eine solch riesige »Verstrickungshandlung« dar, dass das Damoklesschwert über dem Kopf des Helden immer am Ariadnefaden hing. Hier gab es keine Folgerung im Stile Sherlock Holmes', mithilfe derer der Detektiv schon am Anfang den Schuldigen entlarvt und im Laufe der gesamten Erzählung die Untersuchung nur deswegen verzögert, um am Ende alles in einer triumphalen Bemerkung aufzuklären. Und hier wurde auch nicht die Aufklärungsmethode Hercule Poirots oder Miss Marples dargestellt, bei der einem die Identität des Schuldigen bis zur letzten Seite sorgfältig verborgen bleibt und sich am Ende doch der Arzt als der Schuldige herausstellt. Pierres Romanfiguren waren moderne Detektive – sie dachten zusammen mit dem Leser nach und verrieten bis zur letzten Seite nicht, dass sich der Fall durch die zufällige Entdeckung einer Haarspitze, die aus der Tasche irgendeines Passanten lugte, lösen ließ.

Lucy fühlte in ihrem Herzen, dass der Schlüssel genau dort lag, in jedem einzelnen Wort, aber das Bewusstsein wollte offenbar keine feste Beziehung mit dem Herzen eingehen und kehrte hartnäckig zu jenem Spiel zurück, in das Pierre Lucy hineinzuziehen versuchte.

Einmal jedoch hatte Lucy versucht, Pierre in sein eigenes Spiel hineinzuziehen. An jenem Tag stand die Präsentation von Pierres drittem Buch »Ein Leben wie ein Film« an. Und Lucy wollte ihr Leben zumindest einigermaßen filmartig ablaufen lassen. Natürlich glich das heimliche E-Mail- und Briefeschreiben an ihren Lieblingsschriftsteller eher Kinderkram als einem Film, doch Lucy glaubte an eine einfache These: Wie berühmt, beschäftigt und meinetwegen hochmütig ein Mensch auch sein mag – der Neugier gegenüber ist er machtlos. Und Lucy entschloss sich, mit ihrer gesamten Wort-Armee diese Neugier anzugreifen:

»Hallo Pierre,
du kennst mich, und doch kennst du mich nicht. Aber ich
weiß viel über dich. Ich weiß, dass du versuchst, auf der
Straße nur auf den Gehwegplatten zu laufen und nicht
die Zwischenräume zu betreten. Ich weiß, dass du nach
Verlassen der Wohnung wenig später zurückkommst, um
nachzuschauen, ob du wirklich die Tür abgeschlossen hast.
Ich weiß, dass du in der Bahn die Menschen im Spiegelbild
des Fensters beobachtest. Ich weiß, dass du vor einem öffent-
lichen Auftritt deine Rede in der Nacht davor auswendig
lernst und den Leuten vorgaukelst, du hättest dir jedes Wort
in diesem Augenblick erst ausgedacht. Ich weiß, dass du dich
nicht gern fotografieren lässt und die Fotos von dir heimlich
löschst, wenn die Leute zu betrunken sind, um das mitzu-
bekommen. Ich weiß, dass du nicht weißt, woher ich all die-
se Dinge über dich weiß, und ich weiß auch, dass Sokrates
wusste, dass er nichts wusste.
Du kennst mich, und doch kennst du mich nicht. Ich bin
überall und nirgends. Ich bin dein Schatten.
Ewig dein – Lu.

PS: Kannst du mir vielleicht sagen, warum die Leute in
Büchern im entscheidenden Moment, wenn es um Leben
und Tod geht, ohnmächtig werden und es so schaffen, zu
überleben?«

Der Brief zeigte Wirkung. Erstens, weil er sich mit seinem
beschwingten Ton von den Briefen unterschied, in denen Pierre in den siebten Himmel – beziehungsweise nahezu auf
Gottesniveau – gehoben wurde. Zudem unterschied er sich
von jenen Briefen, die ihm angehende Schriftsteller schick-

ten, um im Normalfall um eine gute Kritik für eine schlechte Erzählung zu bitten. Noch weniger glich er den Briefen verärgerter Leser, die seine Bücher als literarisch sinnentleere Blättersammlung priesen (»Ihr letztes Buch war ideal. Es passte genau unter den Fuß meines Bettes. Jetzt kippelt das Bett nicht mehr.«). Letztendlich war es ein Brief, der den Meister der Chiffren zum Kampf herausforderte. Streng genommen ist ein Duell aber langweilig, wenn nur eine Seite schießt, deshalb:

»Hallo Lu,
falls du die Anonymität aufrechterhalten wolltest, hättest
du vielleicht etwas mehr über dich erzählen sollen. Mit
dem Sprechen über mich hast du dich um Kopf und Kragen
geredet, denn faktisch hast du mir dadurch alles über dich
erzählt. Du bist eine junge, zwanzig- oder zweiundzwan-
zigjährige Frau und wohnst im Gebäude gegenüber. Ge-
schätzt im siebten Stock. Du beobachtest mich mit einer Art
Spezialgerät – ich wage zu behaupten, mit einem Fernglas.
Ich kann sofort deinen vollständigen Namen herausbekom-
men, aber ich will nicht. Es ist besser so.

PS: Mich interessiert genauso, wie es ein bewusstloser
Mensch schafft, Dutzende Meter zu schwimmen, um dann
am Morgen sicher am Strand aufzuwachen.«

Lucy wunderte sich anfangs, dass er es so schnell enträtselt hatte. Dann war sie gekränkt. Außerdem hatte Pierre so einen Ton – so selbstzufrieden, wie es Lucy schon seit ihrer Kindheit nicht ertragen konnte. Deswegen verlor sie zusammen mit ihrem Geheimnis auch das Interesse und antwortete nicht mehr. Auch Pierre machte sich über einen Antwortbrief keinen Kopf. Lucy hat bis heute nicht erfahren, wie Pierre ihre Identität herausfinden konnte, zumal ihre Beziehung nach dem Briefwechsel wieder in gewohnten Bahnen verlief – sie beschränkte sich also nur auf Buchsignaturen und zurechtgelegte scherzhafte Bemerkungen …

›Diese Chiffre ist wahrscheinlich die Rache für das unvollendete Spiel‹, dachte Lucy, obwohl es niemanden (z. B. den Autor) gestört hätte, wenn sie das laut gesagt hätte. ›Wäre das Leben ein Film, müsste ich jetzt irgendetwas entdecken, was mit der Chiffre zusammenhinge. Dann hätte ich aufgrund dieses glücklichen Zufalls einen Geistesblitz, Musik in Dur würde einsetzen, und alles wäre innerhalb von zehn Sekunden gelöst. Aber da gibt es ein einziges Problem: Das Leben ist kein Film.‹

Lucy gähnte und schaute auf die Uhr. Sie zeigte 6:14 Uhr an. Und plötzlich hatte sie einen Geistesblitz:

»3:35, 18:39. UHRZEITEN!«

Im Gegensatz zum Film spielte in Lucys Geist keine Musik in Dur. Schlimmer noch: Sie begriff genau innerhalb einer Sekunde, dass das ein Filmklischee war. Blinder Alarm. Fehlanzeige. Die Uhrzeiger hatten weder etwas mit Eisen zu tun noch mit Gold.

›Offensichtlich ist Schlafenszeit‹, zum Beweis dieser Aussage gähnte Lucy noch einmal und sah noch einmal auf die Uhr, ›jetzt muss ich ganz viel von den Schlüsseln zur Chiffre träumen …‹

Sie wollte gerade aufstehen, da tauchte eine Idee in ihrem Kopf auf, so plötzlich wie damals Charlotte Corday.[25]

---

25 Charlotte Corday – Jean Paul Marats Mörderin
Jean Paul Marat – Charlotte Cordays Opfer

›Ich muss davon träumen! Gold! Eisen! Oh Gott, was bin ich dumm!‹ Hätte Lucy jetzt im Bad gelegen, wäre sie auf jeden Fall auf und davon gerannt. ›Eureka, Watson, Eureka. Das ist doch elementar! E-le-men-tar!‹

Und sie begriff, dass das Ding in der Ecke der Buchseite keine Tasche, sondern den oberen Teil eines galvanischen Elementes darstellen sollte.[26]

* * *

Der Flur im dritten Stock war vollkommen leer.

›Ich mag leere Flure – das kann man sich leicht vorstellen, und man muss keine Details beschreiben‹, dachte Pierre. ›Jeder Leser hat ja seine eigene Vorstellung von einem leeren Flur, und generell sind Details immer überflüssig, wie zum Beispiel, dass eine Tapete lila Kanten hat oder alle Zimmertüren von innen nach außen aufgehen und nicht von außen nach innen.‹

Ungeachtet dieser Art literarischer Undifferenziertheit wurde Pierre sehr bald davon überzeugt, dass in Büchern nichts ohne Grund steht. Nämlich genau dann, als er sein Zimmer betreten wollte und nur deshalb unerwartet die Tür auf die Nase bekam, weil diese von innen nach außen zu öffnen war und nicht umgekehrt. Entscheidend jedoch war, dass Pierre aufgrund des unerwarteten Schlags auf die Nase für einen winzigen Moment die Augen geschlossen hatte und deshalb den Mann nur sehr kurz sehen konnte, der mit Kapuze über dem Kopf aus dem Zimmer heraus-

---

26 Der ehrenwerte D. I. Mendelejew beansprucht für sich, dass er sein elementares und zugleich nicht elementares System im Traum gesehen habe. (Na klar ... – skeptische Anm. d. Aut.)

gestürzt kam und ohne Entschuldigung Richtung Treppe flüchtete.

In einem solchen Moment ist die dümmste Entscheidung, die ein Mensch treffen kann, mit ärgerlicher Stimme »Hey du … Stopp!« zu rufen. Erstens wird ein Mensch, der so kapuzenverhüllt herumrennt, wohl kaum mit Enthusiasmus auf diese Anrede reagieren, und zweitens hält man währenddessen selbst inne, solange einem keine zündende Idee kommt, wie man den anderen verfolgen und stoppen könnte.

Pierre dachte gar nicht so viel. Ihm kam einzig der Gedanke, dass es ja einen Grund geben müsse, wenn jemand auf ihn zurennt, und er beschloss, diesen Grund aus erster Hand in Erfahrung zu bringen. Die Verfolgungsjagd fiel so kurz aus wie ein Niesen – als Pierre sich dem Unbekannten näherte, fiel im Flur der Strom aus, und es herrschte absolute Dunkelheit.

Es ward alsbald wieder Licht. Nämlich genau dann, als Pierre sich davon überzeugt hatte, dass es keine Dunkelheit gibt, bei der man die Hand nicht vor Augen sieht. Mit der Widerlegung dieses Klischees zufrieden, sah er sich um und bemerkte, das die Situation zum Ausgangspunkt zurückgekehrt war.

Der Flur im dritten Stock war vollkommen leer …

* * *

… Das Zimmer sah so gewöhnlich aus, dass Pierre Zweifel an Shakespeares idealistischer Beschreibung kamen. Er hatte zwar nicht erwartet, auf dem Bett die erwürgte Desdemona vorzufinden, aber so eine standardmäßige Umgebung passte ebenso wenig in seinen Erwartungsstandard. Das Einzige, was auf die Existenz Shakespeares hinwies, war ein Poster über der Minibar mit der Aufschrift »To beer or not to beer«.

Auf den ersten Blick schien es, als habe das Zimmer fürs Sujet wenig Bedeutung und als solle es kategorisch nicht mehr als einen Absatz in der Erzählung einnehmen. Außerdem, je mehr Beschreibung es gäbe, desto später würde Pierre den mit Botschaften bedeckten Spiegel sehen und jenen Brief auf dem Tisch, der bis zum fünften Kapitel hatte warten müssen, dass jene Geschichte entstehen würde, die so kompliziert war wie dieser Absatz.

Pierre versuchte ein weiteres Mal, sich an das Gesicht des Mannes zu erinnern, der wie Forrest Gump aus dem Zimmer gerannt war und anstatt sich selbst offenbar die Botschaften hinterlassen hatte, aber er merkte sehr bald, dass all seine Versuche genauso sinnlos waren wie über einen ganzen Absatz ausgedehnte Sätze über die Botschaften eines vollkommen Unbekannten.

Es waren zwei Botschaften, aber beide waren so unverständlich wie der Sinn eines fünfzehnminütigen Hollywoodfilm-Nachspanns.

ACIDS

HCl

HNO_3

H_2CO_3

H_2SO_4

H_2SiO_3

1. die Botschaft auf dem Spiegel, welche die Dosis eines chemischen Elements enthielt, das Pierres Laune vergiftete und als Kettenreaktion in ihm den Wunsch aufkommen ließ, zur zweiten Botschaft überzugehen.

2. der Brief, der beim ersten Lesen so eigenartig war wie nachts um vier bei jemandem anzurufen und zu fragen: »Hab ich dich etwa geweckt?« Oder anders gesagt, entsprach er ir-

gendwie einem literarischen Babylon, in dem wahllos Prosas-
ätze verstreut worden sind.

Die zehn Gebote

1) *Du sollst keine dicken Bücher schreiben. Schreib*
   nur so viel – wie man in einer Nacht lesen kann.
2) *Du sollst nicht nur ein Buch schreiben.*
3) *Du sollst lernen rechtzeitig einen Punkt zu setzen.*
4) *Lies viel – schreib wenig – andernfalls schreibst du*
   viel und wenige lesen es
5) *Du sollst deine Leser ehren. Stelle dich nicht als all-*
   wissend dar.
6) *Du sollst nicht überall Auslassungspunkte setzen …*
   – das ist grundlos sentimental
7) *Du sollst die Nachtigall – nicht stören.*
8) *Du sollst nicht plagiieren.*
9) *– Du sollst Sätze mit einem Strich beginnen – den*
   Leser freut es immer – wenn Dialoge erkennbar sind
10) *Du sollst die vorgenannten neun Gebote wortlos*
    hinnehmen

»Nun, du Genie!«, rief Pierre laut aus, aber nur deswegen, weil
der Autor den erneuten Gebrauch des Wortes »dachte« um-
gehen wollte. »Du hast doch Chiffren gemocht. Und jetzt hast
du den Stein von Rosette[27] ins Rollen gebracht …«

---

27 Stein von Rosette – Granitstein, dessen zweisprachiger Text Cham-
   pollion half, die ägyptischen Hieroglyphen zu entziffern. Die Anmerkung ist gewöhnlich, aber der Stein selbst ist ungewöhnlich.

In Wahrheit hatte Pierre keine Ahnung, warum er dachte, dass alles eine Chiffre war. Vielleicht, weil sein Bewusstsein so gepolt war, oder vielleicht auch, weil kapuzenverhüllte Unbekannte chemische Formeln nicht zufällig an Spiegel schreiben …

… Dann kamen drei lange Stunden, deren einziges zählbares Ergebnis achtundzwanzig Bälle aus zerknüllten Zetteln und eine völlig abgenagte Schreibfeder waren. Das war schmerzlicher als Waterloo für Napoleon, tragischer als das unromantische Rendezvous von Titanic und Eisberg, und Pierre schien entflammter zu sein als die »Hindenburg« ein paar Minuten vor dem Absturz …

[Hier begreift der Autor, dass Pierre gar nichts begreift, und weil das nicht im Sinne des Buches ist, wird es Zeit, dass Pierre jemand Schlaueres trifft.]

… Und während sich Pierre Sonnage, um sein eigenes Scheitern zu vergessen, mit historischen Blickwinkeln amüsierte und der Autor dasselbe mit leichten Wortspielen tat, klopfte es an der Tür. Wenn das Leben eine Serie wäre, hätten hier mit Sicherheit zweihundertundsoundsoviel Folgen geendet, aber weil das Leben – und schon gar nicht das Leben nach dem Tod – nun mal keine Serie ist, benahm sich Pierre eben so banal wie ein Mensch, der hinter einer Tür steht, an die geklopft wird.

Er stand auf und öffnete.

Hinter der Tür stand genau jener Mensch, den – nach der subjektiven Meinung des Autors – Pierre am wenigsten gebrauchen konnte.

»Arthur Conan Doyle?!«

Er traute zwar seinen Augen, musste sich aber trotzdem erst selbst überzeugen.

»Sir ... Sir Arthur Ignatius Conan Doyle«, berichtigte ihn der Mann mit leichtem Stolz und trat ungefragt ins Zimmer. »Ich glaube, es ist Zeit, die Sache mit schwerer Artillerie anzugehen.«

›Das Ende der zweihundertundsoundsovielten Folge‹, dachte Pierre.

VI.

Der Serienmörder

*»Man sollte den Jungen niemals so anlächeln, dass er glaubt,
das Schicksal lächle ihn an.«*
Pierre Sonnage, »Das Rätsel der Sphinx«, 2012

Lucy konnte Chemie noch nie leiden. Natürlich lernte sie periodisch irgendwelche Elemente, aber sie gehörte eher zu der Kategorie Mädchen, die sich »Valenz« nur mit einer Eselsbrücke zu »Valentinstag« merken können, in der Dauerwelle den einzigen Verwendungszweck von Chemie sehen und für die H2O nur eine Hardcore-Band ist. Würde sie jemand fragen, was dabei herauskommt, wenn man Lithium, Brom, Argon und Yttrium mischt, bekäme sie jedenfalls statt einer chemischen Verbindung eher einen Schock ... Pierres Chiffre war jedoch ein Beispiel dafür, dass eine nichtchemische Verbindung chemischer Elemente ausnahmsweise irgendeine Art Reaktion (in Form von Freude) auslösen konnte.

Der Triumph währte zwar nur einen Augenblick – ganz pedantisch ausgedrückt, achtundzwanzig Sekunden –, da Lucy, vom Ausbruch der Freude an gerechnet, genau in der achtundzwanzigsten Sekunde klar wurde, dass a) einfach so eine Bibliothek in einem Land dieser Größe zu suchen und b) in jener Bibliothek etwas zu suchen, was nicht mal der Teufel weiß, so sinnlos ist, wie … wie sich bei solchen Problemen einen originellen Vergleich für die Sinnlosigkeit ausdenken zu wollen.

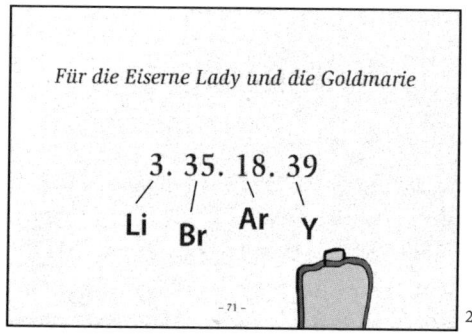

Für die Eiserne Lady und die Goldmarie

›Unmöglich, mich für Pierre dermaßen aufzuopfern‹, tröstete sich Lucy selbst und dachte unerwartet (oder vielleicht auch erwartungsgemäß) an die Präsentation seines ersten Buches zurück. Das Buch hieß »Homo Fabergé« und handelte vom mysteriösen Verschwinden eines berühmten Fabergé-Eis.

---

28 Der Autor betrachtet die Ausbreitung der englischen Sprache mit Sorge, aber weil er das Buch ganz durchgelesen hat und ihm kein »Spoiler« unterlaufen soll, müsst ihr seiner Aussage vertrauen, dass das englische »Library« für den Handlungsstrang unerlässlich ist.

Die Präsentation fand in einem kleinen Saal der öffentlichen Pariser Bibliothek statt. Schon damals kamen nur wenige Besucher. Ein paar gelangweilte Leser und ein alter Mann, der so süß am Tisch schlummerte, dass ihn nichts und niemand wecken konnte.

›Die erste Stufe. Das erste Buch. Logisch. Zumal mir auch keine andere Bibliothek in unserer Beziehung einfällt. Mit ein bisschen Glück finde ich die Lösung der Chiffre bestimmt.‹ Lucy nippte an der halb leeren Kaffeetasse, und ihr fielen aus irgendeinem Grund Pierres Worte ein: »Bücher sind Glückssache, bei manchen verliert man Zeit durchs Lesen, bei manchen noch mehr durchs Nichtlesen …«

* * *

»Wollen wir zu mir gehen?« Claude stellte unerwartet die unerwartete Frage.

»Und was machen wir dann?« Das Mädchen wäre ihm gern gefolgt, konnte aber nicht gleich auf das erstbeste Angebot eingehen. Das war einfach eine Frage des Prinzips.

»Keine Ahnung, das können wir uns unterwegs überlegen. Zieh deine Jacke an.« Claude lächelte, und dem Mädchen wurde klar, dass er mit diesem Lächeln auf mehr hinauswollte, als das Jackeanziehen zu bedeuten hatte – Jackeausziehen, zum Beispiel. Und vielleicht noch mehr.

Die Prinzipientreue schwenkte die weiße Fahne und kapitulierte, verfrüht und führerlos. Ein sympathischer Typ, der Claude.

* * *

[Während Lucy sich in der Bibliothek vergräbt und sich der Sinnlosigkeits ihres Tun noch nicht bewusst ist, nutzt der Autor die Gelegenheit zu betonen, dass er keine Beschreibung von Orten begrüßt, die er nicht selbst gesehen hat. Paris ist zwar eine Ausnahme, spielt in der Geschichte jedoch keine wesentliche Rolle, daher macht er sich darüber weniger Sorgen. Er hat ja sowieso nicht vor, die Geschichte durch übermäßige Beschreibungen zu beschweren.]

Die öffentliche Bibliothek von Paris war groß wie Gatsby, still wie der Moment vor dem entscheidenden Auslegen der Spielkarten im Casino, und man konnte sich in ihr so schwer zurechtfinden wie in New Yorks Straßen. Lucy hingegen war klein wie Bill Gates' Probleme, verwirrt wie der in Amerika gestrandete Kolumbus und müde wie Lucy selbst, nach stundenlanger vergeblicher Suche unbekannter Zeichen im bekannten Saal der Bibliothek. Doch Lucy glaubte, es sei besser, dem nachzutrauern, was war, anstatt dem, was gewesen sein könnte. Deshalb bedauerte sie es nicht sehr, vergeblich in die Bibliothek gekommen zu sein, denn wäre sie überhaupt nicht gekommen, wäre das Bedauern noch größer gewesen.

›Ich bin auf dem Holzweg‹, dachte Lucy, als sie im Zug nach Cannes saß und über die Chiffre grübelte. ›Pierre würde nie etwas an einem Ort hinterlassen, zu dem auch andere Zugang hätten. Der Hund liegt anderswo begraben, und für seine Exhumierung ist mehr Logik vonnöten.‹

* * *

»Das war ein angenehmer Abend ... Wollen wir zu mir gehen?«

»Geht das nicht ein bisschen zu schnell mit uns? Es ist doch gerade mal unser erstes Treffen ...«

»Was du gestern konntest besorgen, das verschiebe nicht auf morgen.«

»Oh, wie lieb du bist. Und so belesen!« Das Mädchen umarmte Claude und wiegte sanft seine blonden Locken.

* * *

Lucy begann mit einem leeren Blatt. Genauer gesagt: mit einem fast leeren, denn die Präzision von *Library* war ihrer Meinung nach so wahrhaftig, dass selbst Descartes keine Zweifel gehabt hätte.

›Normalerweise liegt die Antwort oft schon in der Frage‹, dachte Lucy, als sie das Nachdenken darüber, womit Descartes es verdient hatte, vom Autor im vorhergehenden Satz erwähnt zu werden [29], ergebnislos abgeschlossen hatte, ›möglicherweise ist der Schlüssel nicht in der Bibliothek – sie selbst ist der Schlüssel. Vielleicht habe ich irgendein Detail übersehen.‹ Lucy schlug das Buch noch einmal auf Seite einundsiebzig auf. Sie fand nichts Neues: den letzten Satz des Kapitels (»*Arbeit formte den Menschen und danach formte der Mensch alles so, dass er nicht mehr arbeiten musste.*«) und den Rebus mit den darübergezeichneten Elementen. Nichts Greifbares.

---

29 Der Autor möchte zwar nicht zu allem eine Fußnote setzen, aber Lucy zuliebe erklärt er, dass René Descartes der Autor des »Methodischen Skeptizismus« ist, was kurz gesagt bedeutet, alles in Zweifel zu ziehen.

›Da muss noch etwas sein … Breite, Länge, Richtung, Koordinaten, Straße, Zahl – irgendwas, das mich auf die richtige Spur bringt‹, dachte Lucy und erkannte gleich, dass man bei tiefschürfender Suche leicht die Dinge an der Oberfläche übersieht. Sie erkannte es, weil sich auf dieser Seite noch eine andere Zahl befand. Auf den ersten Blick natürlich und organisch, aber scheinbar hatte Pierre den Hinweis nicht zufällig auf der einundsiebzigsten Seite hinterlassen.

Lucy betrachtete noch einmal das Periodensystem.

»Lutetium!«

»Lu!«

* * *

»Weißt du, wenn man die himmelblauen Bildschirme in den abgedunkelten Fenstern flimmern sieht, überkommt einen ein Gefühl von Behaglichkeit. Deswegen schaue ich gern abends aus dem Fenster …«, sagte das Mädchen.

»Ja, das ist schön, aber wir sind nicht hierhergekommen, um aus dem Fenster zu schauen.« Claude zog plötzlich die Gardine zu, zerzauste das schwarze Haar seiner Gesprächspartnerin und lächelte so eigenartig, dass das Mädchen die Wohnung schnellstens verlassen wollte. Und sei es zum Fenster hinaus …

* * *

Das Passwort! Wie konnte sie das bis jetzt nur übersehen haben! Das Passwort jenes E-Mail-Accounts, an den sie vor Jahren eine einzige Nachricht geschickt hatte. Das heißt, Pierre hatte herausgefunden, wer »gegenüber im siebten Stock« wohnte.

Selbst Howard Carters Freude beim Öffnen von Tutanch-
amuns Grabkammer war nichts im Vergleich zu Lucys Freude
beim Öffnen von Pierres Postfach. Unter all den unzähligen Nachrichten, in denen (kulina-
risch gesehen) frisch gebackene Fans dem dahingeschiedenen
Schriftsteller – weiß der Teufel, mit welchem Ziel – ihre Liebe gestanden und ihm für alle Ewigkeit einen Platz in ihren
Herzen freihalten wollten, war eine Nachricht: »An Lucy«. So
leicht und so banal, dass Lucy eine halbe Minute lang den
Betreff betrachtete und sich fragte, ob nicht auch darin ein
tieferer Sinn läge. Dann klickte sie darauf:

»Hallo Lucy!
Ich freue mich, dass du diesen Brief liest. Du bist also
schlauer, als ich dachte. Entschuldige, dass ich dir das so di-
rekt sage, aber ich bin jetzt tot, und Toten wird bekanntlich
alles verziehen – außer die Errichtung von Konzentrati-
onslagern und die Vernichtung der halben Welt.
Nicht ganz am Anfang, sondern an hundertmillion-
milliardster Stelle war das Wort, und das Wort war
»Voyeurismus«. Es ist irgendwie arrogant, da gebe ich dir
recht, es auszusprechen und sich zu freuen, dass man seine
Bedeutung kennt. Falls du sie nicht kennst, erkläre ich sie
dir einfach: das gezielte Beobachten des Lebens eines an-
deren. Du bist kein richtiger Voyeur, aber es ist dir nicht
fremd. Das hat dich verraten. Im Prinzip war es ziemlich
einfach: In deiner Nachricht habe ich Details erkannt,
die man nicht herausfindet, wenn man mich nur auf der
Straße verfolgt. Man müsste auch ins Haus schlüpfen. Ein
einmaliges Beobachten reicht nicht, um solche Schlüsse zu
ziehen. Da ist eine permanente Überwachung notwendig

– oder man wohnt gegenüber. Der Abstand zwischen den Wohnblöcken ist zu groß zum Überwachen. Hier kommt ein Hilfsmittel ins Spiel. Ein Fernglas zum Beispiel. Das ist Mädchenart. Offensichtlich. Du hattest Spaß daran, einen romantischen Nebel zu erschaffen. Zu Lu fällt mir Lo ein. Lolita. Wahrscheinlich bist du sehr viel jünger als ich. Jedenfalls bestimmt ein Mädchen von gegenüber, das meine Bücher liest und mich deshalb mag oder das mich mag und deshalb meine Bücher liest. Alles ist klar, außer dem konkreten Wohnort. Aber selbst der ist nicht schwer herauszufinden. Du schickst eine Nachricht und schreibst, dass du mich beobachtest, und natürlich interessiert dich meine Reaktion darauf. Zudem besteht die große Wahrscheinlichkeit, dass du, wenn ich sie lese, auf deinem »Wachtposten« bist. Ich weiß das. Ich werde mir alles schnell überlegen. Ich gehe zum Fenster und schaue hinaus. Du hast Angst, ich könnte dich sehen, und gehst schnell vom Fenster weg. Die Gardine wackelt. Ich merke das. Um das zu überprüfen, schreibe ich eine Antwortnachricht und schicke sie ab. Du schweigst. Das heißt, ich habe recht. Voilà. Finita la comedia.

Diese Nachricht ist aber nicht dazu da, mit meinen gar nicht mal so tollen Fähigkeiten zu prahlen. Schon deshalb, weil ich das nicht mehr nötig habe – ich bin ja tot. Ich möchte dich nur einfach an einer Geschichte teilhaben lassen – sie ist speziell für dich geschrieben und sagt vielleicht etwas aus, etwas Bedeutsames fürs Leben, denn du hast das wirklich verdient …«

Die Nachricht hatte einen Anhang. Lucy öffnete ihn:

»Claude pflegte sonntags immer zu entspannen. An diesem Tag schlug er nur die Zeit tot und suchte sein nächstes Opfer aus ...«

VII.

Conans Kanon

Pierre mochte Sherlock Holmes seit seiner Kindheit. Natürlich war ihm immer unbegreiflich gewesen, wie dieser an einem winzigen Fleck auf dem Fingernagel des Ringfingers der rechten Hand eines Menschen ablesen konnte, dass er vorgestern im dritten Stock des verlassenen Hauses seines Onkels um zwei Uhr nachts Guavenkompott gekocht hatte, während ein Hund im Zimmer herumrannte, aber Pierre begriff zumindest, dass er den Detektiv von der Bakerstreet genau aufgrund dieser Unbegreiflichkeit liebte.

Er selbst glich Moriarty – ihm gelang eher eine zusätzliche Verwicklung statt die Lösung des Falles. Als er dem literarischen Vater der beiden gegenüberstand, fühlte er sich so hilflos, wie sich Gulliver fühlen würde, hätte es ihn direkt von Liliput nach New York verschlagen.

Bevor sie anfingen, über den Brief zu diskutieren, betrachtete Conan Doyle einige Minuten lang den Spiegel und stellte letztendlich zweierlei fest: Erstens, auf dem Spiegel waren Salzsäure, Salpetersäure, Kohlensäure, Schwefelsäure und Kieselsäure abgebildet, und zweitens, auf dem Spiegel waren Salzsäure, Salpetersäure, Kohlensäure, Schwefelsäure und Kieselsäure abgebildet. Na und? Er gab auf und wandte sich wieder dem Brief zu.

»Sehr interessant, aber wir müssen zwischen den Zeilen lesen«, sagte Pierre in einem so schüchternem Ton, wie man ihn nicht in einem Vorstellungsgespräch anschlagen sollte, wenn man den Arbeitgeber von irgendetwas überzeugen möchte.

»Ein bisschen gewagt«, meinte Conan Doyle und wunderte sich über Pierres Schüchternheit. (Als ob er sich jeden Tag umbringen würde und dann mit seinem Lieblingsschriftsteller knifflige Fälle lösen müsste!) »Was denkst du über den Brief?«

> *Die zehn Gebote*
>
> 1) *Du sollst keine dicken Bücher schreiben. Schreib nur so viel – wie man in einer Nacht lesen kann.*
> 2) *Du sollst nicht nur ein Buch schreiben.*
> 3) *Du sollst lernen rechtzeitig einen Punkt zu setzen.*
> 4) *Lies viel – schreib wenig – andernfalls schreibst du viel und wenige lesen es*
> 5) *Du sollst deine Leser ehren. Stelle dich nicht als allwissend dar.*
> 6) *Du sollst nicht überall Auslassungspunkte setzen … – das ist grundlos sentimental*
> 7) *Du sollst die Nachtigall – nicht stören.*
> 8) *Du sollst nicht plagiieren.*
> 9) *– Du sollst Sätze mit einem Strich beginnen – den Leser freut es immer – wenn Dialoge erkennbar sind*
> 10) *Du sollst die vorgenannten neun Gebote wortlos hinnehmen*

Pierre dachte, es sei beschämend, darüber nachzudenken, dass man nichts denkt, und antwortete mit einem nachdenklichen Gesicht, welches kompetent wirken sollte.

»Gut. Fangen wir von vorn an. Zuallererst: Herzlich Willkommen im Klub der Detektive!« Conan Doyle nickte ihm zu und holte spielerisch eine Violine aus der Tasche. »In unserem Klub gelten nur zwei Regeln«, fuhr Conan Doyle beim Violinespielen fort. »Regel Nummer eins: keinerlei Regeln. Regel Nummer zwei: keine Regel ohne Ausnahme. Regel Nummer eins eingeschlossen.«

Mit der Logik hatte Pierre keine Probleme. Obwohl ihn nun nicht nur der Brief verwirrte, sondern auch die Regeln des Klubs der Detektive.

»In der Regel«, Conan Doyle machte eine Pause, um jene Ironie zu betonen, dass der Satz, der auf nur zwei sich gegenseitig aufhebende Regeln folgte, wiederum dieses Wort enthielt, »können wir, wenn es keinen Ausweg gibt, zumindest versuchen, einen ungewöhnlichen Moment im Brief zu entdecken. Es ist zum Beispiel ungewöhnlich – auch wenn das kleinlich sein mag –, dass »all–wissend« falsch geschrieben ist. Genauer gesagt, es hat seine Richtigkeit, dass es falsch geschrieben ist. Oder noch genauer, die Zeichensetzung zwischen den Wörtern ist ein Bestandteil von irgendetwas und deshalb ist die Verunstaltung nötig. Außerdem …«

[Während Pierre und Conan Doyle plaudern, beziehungsweise Conan Doyle plaudert und Pierre ihm lauscht, nutzt der Autor traditionell die Pause und äußert die Befürchtung, dass man Pierre als Personnage bisher nicht an irgendwelchen konkreten Eigenschaften erkennt, sodass die Leser Probleme haben werden, ihn in Erinnerung zu behalten. Deshalb entschließt sich der Autor, Pierre radikal umzuarbeiten, ihm den Komplex des unglücklichen Schriftstellers zu nehmen und, bevor es zu spät ist, ihm mehr Selbstvertrauen und Ironie zu verleihen.]

»Moment, Sir Arthur Ignatius Conan Doyle!« In Pierres Stimme schwang Ironie. »Ich bin nicht Dr. Watson, der stets von Sherlock Holmes' Urteilsvermögen beeindruckt ist und erst gefragt wird, wenn sowieso schon alles klar ist …«

Arthur Conan Doyle stutzte. Pierre hatte mit diesem einzigen Satz schon mehr Worte von sich gegeben als in der gesamten Zeit zuvor.

»Sie haben gesagt, wir sollten von vorn anfangen. Ich bevorzuge es umgekehrt, also von hinten«, fuhr Pierre fort, und damit seine Worte nicht wie ein schlechtes Wortspiel oder wie ein noch schlechterer Scherz wirkten, ergänzte er sogleich: »Zum zehnten Punkt denke ich selbstverständlich …«

»Komm, ich sag es dir geradeheraus …«, unterbrach ihn Conan Doyle und räusperte sich, für alle Fälle.

Pierre wusste, dass jeglicher Satz, der mit »Komm, ich sag es dir geradeheraus« begann, für gewöhnlich die Vorbedingung eines verschlungenen, unverständlichen Gesprächs darstellte, aber er lauschte trotzdem geduldig Conan Doyles Ausführung:

»Ich mag logische Rätsel, ich mag Deduktion, ich mag die Suche, aber ich bin nicht Sherlock Holmes. Dieser Brief ist also kein offenes Buch für mich, und selbst wenn dieser Brief ein Buch wäre, darin zu blättern verlöre jeglichen Sinn, wenn man nicht lesen kann. Wahrscheinlich würdest du merken, dass ich nicht auf die Schlüssel der Chiffre stoße. Deshalb bin ich jetzt wie ein Archäologe, der in einem menschlichen Kiefer einen Knochen entdeckt hat, der nicht zu Homo sapiens gehört, und wenn wir dieses Rätsel nicht mit vereinten Kräften lösen, bring ich mich wirklich um.«

Pierre musste schmunzeln. Nicht darüber, dass ein Toter Selbstmord begehen wollte, sondern darüber, dass Conan Doyle ihn um Hilfe bat.

»Wenn die Menschen mit Kugeln genauso oft um sich schießen würden wie mit Worten, dann gäbe es schon lange kein Leben mehr auf der Erde.« Pierre hatte selbst nicht gemerkt, wann diese Ironie in ihm zum Vorschein gekommen war. »In einer Sache hast du recht: Der Verfasser des Briefes hat zumindest nicht viel Ahnung von Zeichensetzung, aber manchmal braucht man die auch nicht zu haben, um zu merken, wo man einen Punkt machen sollte.«

»Mach doch einen.« Conan Doyle schaute Pierre so kritisch an wie überlagerte Lebensmittel in der Auslage.

»Die Interpunktionszeichen sind fehlerhaft, aber genau da, wo sie sein sollen.« Pierre atmete aus. »Hier ist irgendetwas völlig anderes überflüssig, und um das herauszufinden, reicht es vollkommen aus, sich den letzten Hinweis anzusehen: »Du sollst die vorgenannten neun Gebote W O R T L O S hinnehmen ...«

»Das heißt?«

»Das heißt«, Pierre atmete ein, »wir müssen uns konträr zu Hamlet verhalten.«

»Das heißt?«

»Das heißt, das heißt ... Behaupte nie wieder, du seist begeistert von Shakespeares Kreativität«, brummte Pierre. »Das heißt, wir dürfen nicht die Wörter, Wörter, Wörter lesen ...«

»Und was sollen wir dann lesen – die Interpunktionszeichen?«

»Punkt und Strich sind zwar einzelne Zeichen, aber zusammen ergeben sie das Morse-Alphabet. Und die ersten neun Sätze sind nichts weiter als neun Buchstaben, die zusammen ein Wort ergeben«, grinste Pierre. »Das ist *elementares* Wissen, Sir Arthur!«

[Hier bemerkt der Autor, dass zu solcher Ironie ein kleines bisschen Selbstzufriedenheit passen würde, und fügt hinzu,

dass dieser Wesenszug für den Charakter der Personnage gar
nicht verkehrt wäre.]

»Es gab Zeiten, da konnte ich dieses Alphabet auswendig«, plauderte Pierre irgendwie selbstzufrieden weiter, »aber später hab ich begriffen, dass es nichts bringt, sich das Hirn mit allerlei Unsinn zuzumüllen, wenn es auf der Welt Unmengen an Datenmüll gibt ... Gibt es hier im Hotel Internet?«

[Der Autor hatte in der Eile bei der Hotelzimmerbeschreibung vergessen zu erwähnen, dass jedes Zimmer mit einem Computer der Firma »MacPhisto« ausgestattet ist.]

»Jules Verne hatte die Internetisierung der Hölle schon geplant«, Conan Doyle zuckte mit den Schultern, »aber Mephistopheles hat die Umsetzung verhindert: Er meinte, er könne sich keine schlimmere Hölle als die Internetlosigkeit ausdenken.«

Pierre wusste, dass er immer noch aufgeben konnte, deshalb versuchte er, das Problem auf anderen Wegen anzugehen:

»Können wir nicht das Internet vom Paradies empfangen?«

»Das schon, aber wir wissen das Passwort nicht«, ließ Conan Doyle den möglichen Lösungsweg in einer Sackgasse oder zumindest in einem engen Gässchen enden.

Im Zimmer fand die Krönung der Stille statt. Oder verständlicher ausgedrückt: Es herrschte Stille.

»Macht nichts. Was Chiffren und Passwörter angeht, fühle ich mich wie ein Fisch im Wasser ...«, sagte Pierre selbstzufrieden eine angestaubte Redewendung hervorkramend. »In Hollywoodfilmen nehmen sie meistens den Namen des Kindes als Passwort. Probier's mal mit ›Jesus‹ ...«

***

»*Claude pflegte sonntags immer zu entspannen. An diesem*
Tag schlug er nur die Zeit tot und suchte sein nächstes
Opfer aus. Er tötete ziellos. Einfach, um die Leidenschaft
abzutöten. Niemand wusste, warum. Zumindest konnten
Psychologen und andere Leute mit ›Psycho‹-Hintergrund
wirklich nicht sagen, ob das auf ein Kindheitstrauma
zurückzuführen war, denn Thomas Manns umfangrei-
cher ›Zauberberg‹ war immer noch schwerer als Claudes
Kindheit.
Äußerlich war er ein netter Junge. ›Nett‹ in dem Sinne,
dass er den Vorstellungen eines jeden Mädchens entsprach.
Deshalb gingen ihm die Vertreter des weiblichen Geschlechts
leicht in die Falle. Dazu kam, dass Claude ihnen eine
märchenhafte Situation in Aussicht stellte, und irgendwie
stimmte das ja auch, denn man sah viele in seine Wohnung
hineingehen und fast niemanden wieder herauskommen.
Die Nachbarn hielten Claude für einen rechtschaffenen
Menschen. Natürlich gab es nichts, was diese Meinung
untermauerte, außer dass aus Claudes Wohnung nie Lärm
drang und nie Wasser in die Wohnung des Nachbarn unter
ihm lief.
Die Mädchen kamen auf eigenen Füßen zu ihm rauf und
auf Claudes Armen wieder runter. Niemand weiß, wie und
wo er die Leichen verscharrte. Und wie es Claude gelang,
unerkannt zu bleiben, obwohl gegenüber im siebten Stock
ein sehr neugieriges Mädchen wohnte ...«

Lucy hielt inne. Das war schon kein kindisches Spiel mit chemischen Elementen mehr. Die Handlung lief darauf hinaus,

dass sie selbst das nächste Opfer sein würde. Und wenn schon – sie kannte weder Claude noch hatte Pierre bei ihrem Treffen irgendetwas Derartiges erwähnt, und außerdem war diese Geschichte auch nicht unbedingt real. Nun ja. ›Das Leben ist zwar kein Buch, aber ein Buch kann das Leben sein‹, dachte Lucy und las mit jenem unguten Gefühl im Bauch weiter, das einen manchmal während der Zeitspanne zwischen Blitz und Donner beschleicht.

»... *Claude wusste nicht, dass sein Fenster eine Gefahr für ihn darstellte: ein kleiner himmelblau flackernder Monitor, auf dem regelmäßig ein lebenslanges Drama aufgeführt wurde. Nicht nur das, er wusste auch nicht, dass man nicht unbedingt einen Propeller auf dem Rücken oder Spinnfäden an den Händen braucht, um durch ein Fenster in eine Wohnung zu gelangen. Manchmal konnte ein Fernglas schon ausreichen. Das Fernglas in der Hand des Mädchens aus dem siebten Stock war für Claude sogar eine größere Gefahr, als es Bruce Willis' Tod für die Erde vor dem Armageddon gewesen wäre.*
Das Mädchen aus dem siebten Stock lebte sorglos vor sich hin – bis zu jenem Tag, als es in ihrem neu gekauften Buch Ziffern, Buchstaben und seltsame Zeichnungen entdeckte ...«

Die Geschichte brach ab. Nicht, weil Pierre etwas zu schreiben vergessen hatte. Er konnte nur einfach nichts beschreiben, was noch nicht passiert war. Und Lucy begriff, dass sich die Geschichte selbst zu Ende schreiben musste.

* * *

Pierre fühlte sich beim Lösen von Chiffren wirklich »wie ein Fisch im Wasser«, musste aber bald feststellen, dass sich dieses Wasser in einem Aquarium befand. Dann stellte er fest, dass er »Paradies34«, »EswerdeInternet«, »Knockknock-knockin'«< und unzählige andere Passwörter vergeblich probierte. Er probierte und hatte keinen Erfolg. Er bat um etwas und bekam nichts. Er klopfte an, und niemand öffnete.

»Wenn Sherlock Holmes in eine Sackgasse gerät, überlegt er immer, wie er sich selbst verhalten würde, wäre er der Verdächtige ...«, hob Conan Doyle an und bemerkte, dass er während der letzten paar Sätze nur dazu gedient hatte, den Eindruck eines Dialogs zu erwecken.

»Wenn es nach mir ginge, dürfte jeder nur Internet-Passwörter benutzen, die man durch Logik herausfinden kann«, sagte Pierre lächelnd. »Das Leben wäre um einiges interessanter. Angenommen, ich sollte das Passwort für das Paradies-Internet festlegen, dann würde ich mir eins ausdenken, das mit dem Herausfinden des Passwortes an sich in einem inhaltlichen Zusammenhang steht.«

Und plötzlich hatte Pierre einen Geistesblitz ...

[Hier entschuldigt sich der Autor für den Gebrauch eines so sinnlosen Phraseologismus wie »er hatte einen Geistesblitz«, rechtfertigt dies aber damit, dass Pierre das für die Fortsetzung der Geschichte benötigte Passwort partout nicht ohne Hilfe herausfinden sollte. Auch standen dem Autor nicht genug Zeilen zur Verfügung, um sich Pierres endlosen Überlegungen zu widmen.]

»Ist dir was eingefallen?«

»Mir ist eingefallen, was ich an deren Stelle als Passwort nehmen würde!« Pierre schwelgte in seiner eigenen Cleverness. »Probier mal ›Dusollstnichtstehlen‹!«
Sie probierten und … knackten es.

* * *

Lucy mochte keine Menschenansammlungen. Aber sie mochte Buchpräsentationen. Besonders jene von unbekannten Schriftstellern. Von solchen, die sich selbst wundern, wenn mehr als drei unbekannte Leute zu ihrer Präsentation kommen. Solche gab es jedoch viele. Viele schrieben, und viele wollten ein Buch als Beweis ihres unverwechselbaren Schriftstellerdaseins haben … oder in vielen Fällen eher: Nichtschriftstellerdaseins.

Pierre war eine Ausnahme. Er war unbekannt, aber normalerweise schrieb er wirklich. Obwohl er sich nicht mit Beigbeder, Le Clézio und Houellebecq auf eine Plattform stellen konnte. Außerdem waren zur Präsentation seines letzten Buches gerade mal zwölf Leser gekommen …

Einer von ihnen war Claude.

Jedoch schenkte Claude Pierre wenig Aufmerksamkeit. Die galt nämlich der ersten Reihe, in der ein hübsches braunhaariges Mädchen saß, beseelt von dem Wunsch, ein Autogramm in ihr neu gekauftes Buch zu bekommen.

Auch Claude war von einem Wunsch beseelt, aber von einem völlig anderen …

* * *

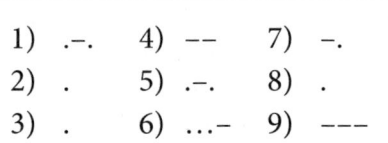

1) .–. 4) –– 7) –.
2) .   5) .–. 8) .
3) .   6) ...– 9) –––

… Es war nicht einmal das Summen einer Fliege im Zimmer zu hören, denn Conan Doyle, Pierre und die am Verlauf der Geschichte interessierte Fliege wandelten die Morsezeichen mithilfe des Computers in Buchstaben um …

[Der Autor ist gleichwohl froh, dass im Zimmer keine Uhr steht und er deshalb keinen Unfug wie »Die im Zimmer herrschende Stille wurde nur vom Ticken der Uhr gestört« schreiben muss.]

Wenn man das Prinzip einmal erkannt hatte, dauerte die Dechiffrierung nicht mehr lange:

1) R   4) M   7) N
2) E   5) R   8) E
3) E   6) V   9) O

»So.« Conan Doyle legte den Zettel auf den Tisch und überprüfte die Buchstaben. »Ein Wort daraus zu machen wird uns nicht so schwerfallen, denke ich.«

»Mir geben trotzdem diese Säuren zu denken.« Pierre blickte in Richtung Spiegel, wo mit großen Buchstaben »ACIDS« geschrieben stand.

»Auf die zweite Spur solltest du dich erst begeben, wenn die erste endgültig im Sande verlaufen ist.«

»Na gut«, sagte Pierre resigniert und wandte sich wieder den Buchstaben zu, »EVEN ROME, EVEN MORE …«

Conan Doyle schüttelte den Kopf. Ungefähr so wie ein Lehrer, der unzufrieden mit dem Vortrag des Schülers ist, aber dessen Laune nicht verderben möchte.

»VERNE MEN … EVEN ROME …«

»Warte mal, lass uns mal kurz still sein«, unterbrach ihn Conan Doyle, »sonst wiederholst du nur ein und dasselbe.«

»Ich wiederhole ein und dasselbe …«, Pierre kam für einen Moment Dante Alighieris Gejammer in den Sinn – und da hatte er auch schon seinen zweiten Geistesblitz:

»NEVERMORE!«[30]

---

30 Siehe Fußnote 15, und wenn ihr danach immer noch sagt »Daran hätte ich mich auch so erinnert«, dann siehe 14. (Anm. d. Aut.)

VIII.

Such und find

Edgar Allan Poe wohnte in der Rue Morgue. Nummer drei-
zehn. Zusammen mit einer schwarzen Katze, einem schwarzen Raben und schwarzem Humor. Er hatte zwei Träume,
im Leben wie im Tode: Erstens, dass allen Menschen ein
Traum in Erfüllung gehen, und zweitens, dass sein erster
Traum niemals in Erfüllung gehen solle. Morgens trainierte
er seine Katze darin, wie man vor jemandem über die Straße läuft, abends schrieb er erschütternde Erzählungen, damit ihm erschütterte Seelen billig in die Hände fielen, die
er dann mit Gogols Vermittlung teuer an Mephistopheles
verkaufen konnte.

Er ging selten nach draußen – einmal im Jahr. Noch sel-
tener empfing er Gäste – nie. Genau deswegen sorgte es für
allgemeine Verwunderung, als Poe an seinem hundertfünf-

undsechzigsten Todestag[31] einen Teil der Schriftsteller zu sich einlud.

Die Rue Morgue stand in der Literatenhölle auf der Liste der unerwünschten Straßen. Dort war stets Nacht, und neben den üblichen Eulenrufen erklang jene dramatische Musik, die in Gruselfilmen erklingt, wenn die Hauptfigur ein unbekanntes Haus betritt.

Erstaunlicherweise ging es an jenem Tag auf der Rue Morgue ungewöhnlich beschaulich zu. Kein Schriftsteller wurde überfallen, nichts fiel aus dem Fenster irgendjemandem auf den Kopf. Besorgniserregend ruhig gingen die Schriftsteller zu dem Haus, auf dessen Schwelle mit großen Buchstaben »HELLCOME« geschrieben stand …

Wie die Besucher beim Betreten des Hauses feststellten, war das nicht das Letzte, was sie an diesem Tag in Erstaunen versetzen sollte.

* * *

---

31 Todestag – in der Hölle das Äquivalent zum Geburtstag. Feiert man den Todestag, ist das in der Hölle so etwas wie die Geburt. (reflekt. Anm. d. Aut.)

Auszug aus dem Verhör, durchgeführt von Conan Doyle:

Orwell: *Die Tür öffnete sich von allein. Im Zimmer war es dunkel. Nur eine brennende Kerze stand auf dem Tisch. Drinnen war niemand, aber ich hatte so ein Gefühl, als ob uns jemand beobachtete.*

Hugo: *Wir setzten uns an den Tisch. Vor uns standen leere Teller und Gabeln. Ich weiß nicht mehr genau, was dann geschah, aber ich finde das Muster der Teller erwähnenswert: Eine fremdartige Blume, auf deren Fruchtblättern winzige gelbe Pünktchen in allen Schattierungen zu sehen waren und deren Staubblätter aufgrund ihrer Mikrosporangien erschütternd natürlich aussahen. Auch möchte ich die Gabelspitzen erwähnen, deren sechs scharfe Enden mich an Bajonette erinnerten, gleich einer Gruppe rebellierender Bauern während der Französischen Revolution. Und der Mittelteil der Gabel ...*

Beckett: *Wir warteten auf den Gastgeber, der tauchte jedoch nicht auf.*

Orwell: *Plötzlich ergriff mich eine Art animalische Angst. Aus dem Dunkel trat ein Mann mit Kapuze.*

Mayne Reid: *Ich schwöre beim Kopf des Henry Poindexter, dass es nicht Poe war.*

Milton: *Was soll ich sagen, ich erinnere mich nicht mehr an Einzelheiten. Es war sehr, sehr dunkel.*

Wells: *Er sah aus wie vom Mars ... oder wie ein mittels Synthese von Dinosaurier-DNA und dem Eiweiß der grünen Euglena im Reagenzglas gezüchteter Zeitreisender ...*

Joyce:	Er lächelte halbmondartig ... Übrigens ist diese Phrase eine Allusion auf die Verse der berühmten irischen Dichterin Ellen Mary Patrick Downing, in denen der Autor seinerseits offenbar von dem außergewöhnlichen costa-ricanischen Kritiker ... äh, was wollte ich sagen ... Ach ja, er lächelte und stellte eine schwarze Kiste auf den Tisch, die Malewitschs Schwarzem Quadrat ähnelte – allerdings in der räumlichen Dimension, die mich ihrerseits an einen Abschnitt aus dem Gilgameschepos erinnerte: »Als Enkidu eine ganz andere Dimension im Raum bemerkte ...« Ach, was mir gerade zu Enkidu einfiel ...
Beckett:	Wir hatten nicht vor, ihn zu fragen »Wer bist du?«, und wir hatten auch nicht vor, ihm zu sagen, dass wir nicht vorhatten, ihn »Wer bist du?« zu fragen. Deshalb fragten wir, wer er sei.
Joyce:	... Übrigens, Byrons Werk ...
Hugo:	Ich bemerkte eine winzige jener Meerenge zwischen Skylla und Charybdis gleichende Narbe auf seiner Stirn ...
Orwell:	Wir sind ja keine Schweine, aber es hätte wenigstens etwas aufgetafelt sein können ... Keine Menschlichkeit mehr unter den Leuten ...
Mayne Reid:	Dann sagte er, dass er nicht sagen werde, wer er sei, dass Poe unter ungeklärten Umständen verschwunden wäre und dass ihm unsere Unannehmlichkeiten unannehmlich seien ... Ich schwöre, ich hätte ihn skalpiert, aber mit einer Gabel ...?! (lächelt)

86

Beckett:	»*Wo ist Poe?*«, *frag ich ihn.* »*Nirgends*«, *antwortet er.* »*Wann kommt er?*«, *frag ich ihn wieder.* »*Immer wieder*«, *erwidert er.*
Wells:	*... und dann war er plötzlich verschwunden ...*
Milton:	*... Ohr über Kopf ...*
Joyce:	*Wo war ich stehen geblieben? Moment, ich sollte von vorn anfangen zu erzählen, dann fällt es mir bestimmt wieder ein ... Er lächelte halbmondartig ...*
Hugo:	*Dann öffnete sich die Tür: anderthalb mal drei Meter, aus Eichenholz gefertigt, mit wunderschönen Scharnieren, grob geschliffen, mit rundem Knauf, zuverlässigem Schloss, und dann traten sie ein ...*
Wells:	*Meiner Meinung nach liegt des Rätsels Lösung in der schwarzen Kiste.*

* * *

»*In letzter Zeit fiel mir der häufige Gebrauch von ›Genauer gesagt‹ auf. Genauer gesagt, was wollte ich sagen ...*«
Pierre Sonnage, »Homo Fabergé«, 2006

Lucy war eine Filmosophin. Genauer gesagt mochte sie Filme, in denen mehr »Sinn« als Geld steckte. Sie schaute Filme aller Genres. Solche, die sie selbst mochte, und solche, die »man mögen musste«. Autorenfilme zum Beispiel. Daher glaubte sie, wie eine echte Filmosophin, in jedem beliebigen Film stecke irgendein Sinn. Auch in so einem, in dem das Paar füreinander bestimmt ist und sich das Ganze nur deshalb über anderthalb Stunden hinzieht, weil am Ende einer der beiden – vorm Altar oder auf der Flugzeuggangway (keuchend und verschwitzt) – erkennen soll, dass er ein Idiot ist …

… und weil Lucy dermaßen viele Filme gesehen hatte, dass sie immer versuchte, sich wie deren Figuren zu benehmen, entschloss sie sich, nicht zur Polizei zu gehen. Erstens kam die Polizei sowieso immer erst dann, wenn alles schon gelaufen war, und zweitens konnte sie Claude absolut nichts beweisen. Sie konnte denen doch nicht erzählen, ein selbstmörderischer Schriftsteller habe ihr eine Erzählung über einen Verrückten hinterlassen und nun sollen sie bitte schön diesen Jungen da festnehmen, den sie gar nicht kenne. Selbst wenn man ihn mit einem Mädchen erwischen würde, na und – man nimmt doch Mädchen nicht nur zum Ermorden mit nach Hause.

Sie selbst hatte Claude problemlos gefunden. Er wohnte genau gegenüber. Auch Lucy saß abends oft am Fenster, wie ein Zuschauer, der gekommen ist, um eine Vorstellung zu sehen. Sie wartete also darauf, dass sich – im direkten und im übertragenen Sinne – der Vorhang hob. Claude war meistens allein und schrieb irgendetwas (»wahrscheinlich Tagebücher, in die er seine verrückten Gedanken überträgt …«), gelegentlich tauchte er auch mit verschiedenen Mädchen auf, obwohl Claude, entgegen den Gesetzen des Theaters, genau dann eine Pause einlegte oder den Vorhang zuzog, wenn die Tragödie hätte beginnen müssen, und deshalb bekam Lucy nichts Verdächtiges zu sehen. Selbstverständlich erwartete sie keine Blutspritzer an den Fensterscheiben oder dass eine zerstückelte Leiche in einem Koffer aus dem siebten Stock geworfen würde, aber für einen Serienmörder lebte Claude ungewöhnlich gewöhnlich und unauffällig.

Lucy merkte nach einigen Tagen, dass ihre Überwachung ganz allmählich vom Gruselfilm ins Genre des Realfilms überging, und sie entschloss sich, der Sache selbst auf den Grund zu gehen.

* * *

Pierre wollte drei Dinge wissen: Erstens, warum sich seine Strafe verspätete, zweitens, wer die »unbekannte Person« war, und drittens, warum der Autor festgelegt hatte, er wolle drei Dinge wissen, wenn er doch in Wirklichkeit nur zwei wissen wollte.

Conan Doyle hingegen wollte nicht im Geringsten wissen, was Pierre wissen wollte. Er musterte die Gegenstände aus der schwarzen Kiste, die der Unbekannte zurückgelassen hatte:

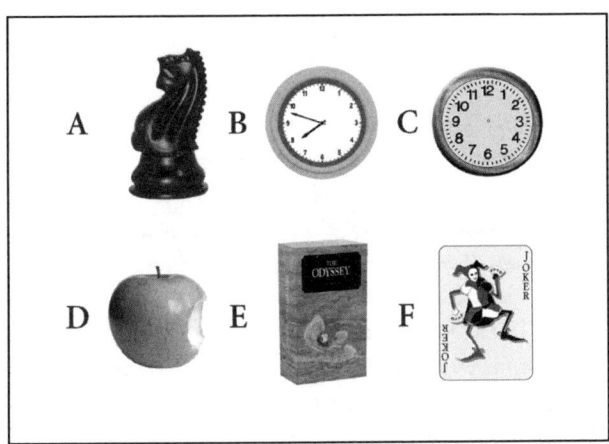

- eine Schachfigur mit zerschlagenem Kopf
- zwei Uhren: die eine stehen geblieben, die andere ohne Zeiger
- ein angebissener Apfel
- Homers »Odyssee«
- eine gewöhnliche Joker-Karte

»Ich kriege bald eine Allergie von diesen Rätseln.« Pierre nahm die Schachfigur in die Hand und wunderte sich, warum der Autor nicht müde wurde zu beschreiben, was er gerade tat. »Hast du irgendeine Antwort auf dieses Puzzle?«

»Bevor du zu den Antworten übergehst, musst du erst mal Fragen stellen«, sagte Conan Doyle mit einem weisen Gesichtsausdruck, den Leute haben, wenn sie die Wörter »arrogant«, »Skeptizismus« und »substanziell« in einem Satz verwenden. »Ich würde zum Beispiel gern wissen, wofür die Zusammenkunft der Schriftsteller überhaupt notwendig war, wenn unser unbekannter Freund diese Gegenstände einfach von Poe an uns hätte übergeben lassen können …«

[Hier befürchtet der Autor, dass Conan Doyle und Pierre ihre langweilige Diskussion noch eine ganze Weile fortsetzen werden, deshalb versucht er beim Leser keine Langeweile aufkommen zu lassen, indem er ein paar interessante Fakten aus Pierres Leben hervorkramt. Zum Beispiel, dass Pierre niemals ein Fan des Fotografierens wird, weil Fotos für ihn »Traurigkeitskonserven sind, die sich erst Jahre später öffnen«. Oder dass Pierre immer Telefonnummern anruft, die sich Filmfiguren gegenseitig diktieren. Oder dass Pierre im Café gern fremde Menschen oder Paare beobachtet, um eine deduktive Schlussfolgerung zu ziehen, aber den

Wahrheitsgehalt der Schlussfolgerung nie prüfen kann, weil
er die Überprüfung scheut. Oder dass ... äh, hm, Fortsetzung
folgt.]

»Also, wir sind zu dem Schluss gekommen, dass sowohl Gäste
als auch Gegenstände speziell ausgewählt worden sind. Zwischen ihnen muss es irgendwie einen Zusammenhang geben«,
zog Conan Doyle das Resümee der Diskussion.

»Mit anderen Worten, wir haben sieben Schriftsteller und
sechs Gegenstände.«

Pierre zeichnete eine Tabelle mit zwei Spalten:

1. George Orwell	1. Schachfigur
2. John Milton	2. angebissener Apfel
3. Victor Hugo	3. Uhr ohne Zeiger
4. Mayne Reid	4. Joker-Karte
5. H. G. Wells	5. »Odyssee«
6. Samuel Beckett	6. angehaltene Uhr (7:48)
7. James Joyce	

[Hier ist der Autor der Meinung, dass es an der Zeit ist, dass,
wenn schon nicht Pierre, dann zumindest Conan Doyle be-
merken sollte, dass die Gegenstände symbolisch für die Schrift-
steller stehen, ansonsten haben es nämlich alle außer ihnen
schon begriffen, und das ist peinlich.]

»Wenn uns nicht bald was einfällt, sollte man uns öffent-
lich den Kopf abschneiden wie diesem Springer hier.« Pierre
nahm die Schachfigur noch einmal in die Hand, und selbst
der Autor kann schon nicht mehr zählen, den wie vielten

(den dritten – Anm. d. Aut.) Geistesblitz er nun schon hatte. »Moment! Der Springer hat keinen Kopf! Er ist kopflos … wie der Reiter.«

»Also, die Gegenstände sind Symbole für die Schriftsteller …«, resümierte Conan Doyle die Diskussion hervorragend.

»Das heißt, wir können Mayne Reid den weißen Fehdehandschuh zuwerfen«, grinste Pierre und merkte, dass »den weißen Fehdehandschuh zuwerfen« irgendwie nicht in diesen Kontext passte.

»Joyce auch.« Conan Doyle legte die »Odyssee« zur Seite und, als ob das nicht genug der Erklärung wäre, ergänzte: »Ulysses.«

»Dann wird der Apfel für Milton stehen«, bemerkte Pierre eifrig und fügte dem Apfel – wie Adam – eine zweite Bisswunde zu. »Das verlorene Paradies.«

»Ja, das mit den Uhren scheint schwieriger zu sein.« Conan Doyle nahm eine in die Hand und betrachtete sie aus der Nähe. »Sie gehört einem Trinker, zweimal hatte er die Uhr verpfändet, er hat einen Hund, Stuhlgang, zwei Augen, er schläft nachts, atmet … Oh, Verzeihung, Scherz beiseite …«

»Mir persönlich fällt nichts mit ›Uhr‹ im Titel ein«, sagte Pierre schulterzuckend, und zum ersten Mal bereute er, Romane lieber geschrieben als gelesen zu haben.

»Vielleicht ist nicht die Uhr das Ausschlaggebende, sondern die Zeit. 7:48. Erinnert dich das an etwas?«

»Voilà! Nicht sieben. 19. 19:48. Orwell. 1984. Er hatte es '48 fertig geschrieben und vertauschte angeblich für den Titel einfach die letzten beiden Ziffern.« Pierre ließ sein Allgemeinwissen aufblitzen und ersparte dem Autor somit eine weitere Fußnote.

»Dann wird die zweite Uhr wohl Beckett meinen«, sagte Conan Doyle lächelnd und musste auch darüber lächeln, dass er so viel lächelte, »und zwar aus zwei Gründen: Erstens zeigt eine Uhr ohne Zeiger unendliche Zeit an, unendliche Zeit bedeutet unendliches Warten, unendliches Warten verknüpft man wiederum mit Godot …«

»Und der zweite Grund?«

»Zweitens habe ich von keinem weiteren Werk Becketts außer diesem gehört.«

Die Logik war eisern. Wie der Vorhang.

»Komisch. Wir haben noch zwei Schriftsteller übrig und einen Clown, der die Leute zum Lachen bringt.« Conan Doyle blickte auf den Joker.

»Deshalb lacht er auch selbst. Au revoir, Victor! VIVA LA VICTOR!« Pierre schlug ein Bein über das andere, weil der Autor keine Lust mehr hatte, »sagte«, »lächelte« und »zuckte mit den Schultern« zu schreiben. »So schwer war das Rätsel gar nicht. Wir sollten H. G. Wells rufen, die anderen können gehen.«

* * *

»There are two types of people in this world; those who divide the world into two types, and those who do not.«
Jeremy Bentham

Drei Dinge fand Lucy noch langweiliger als Warten: sich Schachwettkämpfe anzusehen, am Freitagabend zu Hause zu sitzen und soziologische Umfragen durchzuführen. Wenn es nach ihr ginge, würde sie nur eine einzige Umfrage durchführen, nämlich darüber, ob soziologische Umfragen auf dieser Welt zu etwas nütze sind. Davon abgesehen war es nicht schwierig, sich zwischen Warten und soziologischer Umfrage zu entscheiden, denn die Soziologen genießen einen wesentlichen Vorteil – man vertraut ihnen und lässt sie einfach ins Haus. Selbst wenn es das eines Serienmörders wäre ...

Lucy bemerkte ihr Spiegelbild im Spion, deswegen machte sie erst ein Selfie, bevor sie an die Tür klopfte. Sie tastete nach dem Messer in ihrer Hosentasche. Einen »Plan B« hatte sie nicht. Nicht mal einen »Plan A«, von den übrigen Buchstaben des Alphabets ganz zu schweigen. Im Film gab es immer einen Ausweg. Bestimmt würde sich auch jetzt etwas ergeben.

Sie klopfte noch einmal.

›Hoffentlich muss ich nicht bald an eine andere Tür klopfen‹, dachte sie, ›zum Beispiel an die des Paradieses.‹

[Claude. Keine Antwort. Claude. Keine Antwort.]

Niemand öffnete. Lucy lehnte sich gegen die Tür und merkte, dass auch niemand öffnen musste: Die Tür war offen. »Ist da jemand?«, rief sie für alle Fälle (und aus reiner Höflichkeit). Die Wohnung schwieg. Vorsichtig betrat sie den Flur. ›Vielleicht schläft er ja ... Ich schau nach, was er schreibt, und geh gleich wieder.‹ Bis jetzt hatte sie sich immer gewundert, warum Filmhelden in eine fremde Wohnung gehen, in der mit großer Wahrscheinlichkeit ein Monster wohnt. »Die Neugier hat größere Augen als die Angst.«

Das war es also, das bekannte Zimmer. Verglichen mit den übrigen Teilen der Wohnung besser beleuchtet. Das bekannte Fenster. Der bekannte Tisch. Das bekannte Drumherum. Auf dem Tisch lagen »die Zettel«. Sie schaute sie sich an:

»Pierre Sonnage hat gesagt, wenn du nicht schreiben kannst, dann schreib darüber, wie du nicht schreiben kannst. Also schreibe ich. Genauer gesagt: Ich kann nicht schreiben. Obwohl es vieles gibt, worüber ich schreiben könnte. Zum Beispiel über dieses Mädchen aus dem Haus gegenüber ...«
Vom Flur her vernahm sie das Geräusch von Zehenspitzen.

[Der Autor weiß, dass es kein »Geräusch von Zehenspitzen« gibt, aber »Die Totenstille wurde gestört« wäre noch bedrohlicher.]

»Wer ist da?« Lucy hatte für einen Moment vergessen, dass sie in einer fremden Wohnung war.

Für einen Moment hielt sogar der Moment inne. Dann kam Claude ins Zimmer. Oder, räumlich treffender ausgedrückt: Er blieb im Türrahmen stehen und lächelte das Mädchen an.

»Hallo Lucy. Ich habe dich erwartet.«

* * *

Pierre merkte, dass sie in eine Sackgasse geraten waren. H. G. Wells hatte weder eine Vorstellung von dem Ganzen noch davon, warum er überhaupt eine Vorstellung haben sollte.

»Meiner Meinung nach gibt es hier irgendeinen Fehler«, H. G. Wells war zu faul zum Schulterzucken, »ich habe keinen einzigen Hinweis bekommen ... oder vielleicht hab ich einen bekommen, aber Außerirdische haben mich entführt, mein Gehirn gewaschen, mich ausgetauscht und jemand ganz anderes an meiner Stelle zurückgebracht ... In Wirklichkeit ist mein wahres ›Ich‹ jetzt auf einem anderen Planeten und kann nur zurückkehren, wenn aus einer Parallelwelt noch ein weiteres ›Ich‹ in diese Dimension geschickt wird, welches zwei Jahrhunderte früher als ich geboren wurde, und möglicherweise …«

»Ah, diese dystopischen Fantasien … Komm zurück in die Realität!« Conan Doyle unterbrach ihn, als stamme »Die vergessene Welt« aus der Feder des Autors dieser Zeilen. »Vielleicht haben wir uns geirrt und einen der Gegenstände dem falschen Schriftsteller zugeordnet?«

»Vielleicht, ja. Vielleicht auch nicht. Ich weiß es nicht …«, hob Wells an, »vielleicht ist schon vorher etwas in der Kiste gewesen, aber aus irgendwelchen Gründen in intergalaktischen schwarzen Löchern verschwunden. Ich hab damit nichts zu tun.«

»Warum?« Pierre stellte eine völlig allgemeine Frage für den Fall, dass man nicht weiß, welche Frage man stellen soll.

»Weil Wells wirklich nichts damit zu tun hat«, antwortete Conan Doyle an Wells' Stelle. »Die Kiste ist leer, jedenfalls ist nichts zu sehen. Wenn einem dabei eine Romanfigur in den Sinn kommt, dann höchstens der Unsichtbare. Sieben Schriftsteller, sieben Assoziationen. Das war's.«

»Macht nichts, wir werden trotzdem alle sterben«, sagte Wells und zuckte nun doch mit den Schultern und schürzte, der Vielfalt wegen, die Unterlippe. »Dann nehmen uns Außerirdische mit und unterziehen uns einer Gehirnwäsche, um eine neue Rasse zu züchten – *Aliens Alliance* …«

»Oh Mann, ich nehme jetzt die Kiste und schlag sie dir auf den Kopf!« Unerwartet zeigte Pierre eine Reaktion, die weder eine anspruchsvolle Romanfigur noch ein statistisch gesehen durchschnittlich höflicher Mensch an den Tag gelegt hätte.

»Kiste … Die Kiste!«, rief Conan Doyle, und dieses Mal hatte er einen Geistesblitz:

»Wir haben die Gegenstände aufgelistet, aber denjenigen vergessen, der die Gegenstände enthielt. Der wichtigste Hinweis ist die Kiste selbst!«

[Wäre es nach dem Autor gegangen, würde jetzt irgendeine dramatische Musik gespielt.]

»Aber welchen Schriftsteller haben wir, dessen Geheimnis die schwarze Kiste hüten könnte?«

Bevor H. G. Wells von der negativen Auswirkung des Schaffens oder Nichtschaffens irgendeines Schriftstellers vom Mars erzählen konnte, kam ihm Pierre zuvor und antwortete so simpel, als ob er sein ganzes Leben darüber nachgedacht hatte:

»Antoine de Saint-Exupéry …«[32]

---

32 Hier möchte der Autor den Autor darauf hinweisen, dass die schwarze Kiste, mithilfe derer die Absturzursache eines Flugzeugs festgestellt werden kann, in Wirklichkeit orange ist.

IX.

Der Club der anonymen Selbstmörder

Unser Leben beginnt normalerweise relativ unspektakulär –
wir werden geboren. Und weil wir geboren wurden, wachsen
wir eben heran. Anders gesagt, wir alle kommen aus der Kindheit und gehen auf *Wegen des Schicksals*, die wir wählen oder
die uns wählen. Dann leben oder existieren wir, bis diesem
Leben ein Endpunkt gesetzt wird und dieser Punkt sich in
einen Strich zwischen zwei Zahlen verwandelt. Oder bis wir
eine Verwandlung durchmachen ...

... Der Club der anonymen Selbstmörder war in der
Hölle so in Mode wie zum Beispiel die Paris Fashion Week
oder ein Foto vor der Sphinx, das den Anschein erweckt,
man würde sie küssen. In den Club traten Schriftsteller ein,
die sich im Stillen, von der Welt unbeachtet, umgebracht
hatten und deren Selbstmord als natürlicher Tod eingestuft

worden war. Vorsitzender war Albert Camus. Er hasste es wie die Pest, wenn sich Fremde im Club sehen ließen, deshalb galt es, für ein Treffen mit ihm eine einzige Bedingung zu erfüllen – man musste ein anonymer Selbstmörder gewesen sein.

Die Mitglieder des Clubs trafen sich sonntags, wenn sich alle Schriftsteller für einen Tag von ihrer jeweiligen Strafe erholen durften. An diesem Tag schliefen einige wie tot, manche nannten andere »Tote« – aufgrund deren Faulheit. Dabei waren die Mitglieder alles andere als faul und zerbrachen sich sogar sonntags den Kopf über die Entwicklung des Clubs.

»Der Mensch ist dazu geboren, sich umzubringen«, pflegte Camus leblos den Leitspruch des Clubs zu wiederholen. »Absurd, mit der Lektüre eines Buches anzufangen, dessen Ende man schon kennt. Absurd! Was ist Leben? Leere Schablonen in der Biografie, die man nach und nach füllen muss, um eines Tages alt zu sein und zu sterben oder dafür zu sterben, dass man nicht eines Tages alt ist. Das ist langweilig. Da plant man einen Autounfall, bringt sich um, und die sagen nur primitiv: ›Ironie des Schicksals, dass der Autor Albert Camus, der über das Absurde schrieb …‹[33] Blablabla …«

Antoine de Saint-Exupéry war langjähriges Mitglied des Clubs. Er war es etwa seit jenem Moment, als er es der Hauptfigur seines Buches gleichtat und zum Zwecke des Selbstmordes das Steuern seines Flugzeugs noch in der Luft einstellte …

---

[33] Nach offiziellen Angaben kam Albert Camus tatsächlich bei einem Autounfall ums Leben. In seiner Hosentasche wurde eine unbenutzte Bahnfahrkarte für dieselbe Strecke gefunden, für Journalisten ein Grund, die Absurdität dieser Nachricht zu unterstreichen. (offiz. Anm. d. Aut.)

Im Club allerdings hob er ab vor Freude. Er kam gern hierher. Weder hatte er eine andere Beschäftigung noch eine andere Strafe. So gütigen Herzens sei er, dass er schon beim Zuhören die Strafen der anderen erleide, hat er zumindest gesagt. Und so versammelten sich die Clubmitglieder also jeden Sonntag. Ertränkten sich im Redefluss und ließen ihre bereits toten Seelen baumeln. Sie diskutierten regelmäßig über irgendwelche Themen. Zum Beispiel »Selbstmord als Mainstream«, ein Thema, welches ausgerechnet Saint-Exupéry heute zu präsentieren gedachte. Den Titel hatte er mit Bedacht gewählt. Zum einen, weil ein beliebiges Thema allein durch die Verwendung des Wortes »Mainstream« interessant erscheint, und zum anderen, weil sich alle gern über den Mainstream lustig machen, um selbst besser dazustehen.

Nicht zuletzt wurde zur heutigen Sitzung ein neues Clubmitglied erwartet.

* * *

»Guten Tag, ich bin Alexander Sergejewitsch Puschkin. Wer jung stirbt, wird mehr geschätzt, deshalb habe ich extra dafür ein Duell geplant. Ich bin ein anonymer Selbstmörder.«

»Guten Tag, ich bin Agatha Christie. Ich bin auch so eine … hab aber vergessen, warum.«[34]

»Guten Tag, ich bin kein Schriftsteller, habe aber vor meinem Tod einen künstlerisch wertvollen Abschiedsbrief geschrieben, durch den ich in die Literatenhölle geraten bin.

---

34 Der Autor hätte beinahe vergessen zu erwähnen, dass er sich auf die weit verbreitete Meinung stützt, Agatha Christie habe an Alzheimer gelitten.

Leider ist der Brief zusammen mit mir verbrannt, deshalb bin ich ein anonymer Selbstmörder.«

»Guten Tag, ich bin Jerome Salinger. Als ich mich vor Langeweile umgebracht habe, bekamen die Leute überhaupt erst mit, dass ich noch am Leben gewesen war. Ich bin ein anonymer Selbstmörder ...«

Das Ritual lief entgegen dem Uhrzeigersinn und von Zeit zu Zeit ertönte ziemlich polyphon ein schallendes «Guuuuteeeen Taaaag«-Echo, das Tote erweckt hätte.

»Guten Tag, ich bin Pierre Sonnage. Der Neue. Damit ich berühmt werde, habe ich mich zum Selbstmord entschlossen, weil ich aber weder einen Brief hinterlassen noch irgendjemandem etwas davon erzählt habe, bezichtigen mich die Journalisten, ›Opfer eines unglücklichen Zufalls‹ zu sein. Allmählich bin auch ich ein anonymer Selbstmörder ...«

»Guuuuteeeen Taaaag, Pierre...«

* * *

»Guten Tag, Claude«, grüßte Lucy und dachte an die schönsten Momente ihrer kurzen Existenz zurück; während ihr Leben vor ihren Augen vorrüberzog, wollte sie nichts Bedeutendes verpassen.

Einen Fluchtweg gab es nicht. Aber auch keinen Fluchtgrund. Vorerst.

»Bist du fertig geworden mit Lesen?« Claude zeigte auf die verstreuten Zettel auf dem Tisch. Das Einzige, was Lucy jetzt lesen konnte, war das, was Claude ins Gesicht geschrieben stand. Nichts. Zumindest nichts, was ihr hätte Hoffnung geben können.

›Wenn ich Ja sage, bringt er mich auf der Stelle um, wenn ich Nein sage, eben ein paar Minuten später ...‹, dachte Lucy

und gab genau die Antwort, die zu einer gescheiterten Sozio-
login passte:

»Das ist schwierig zu beantworten.«

Claude grinste.

»Du wirkst recht angespannt. Entspann dich, ich fresse
dich nicht …«

›Ach, so verschwinden die Leichen‹, dachte Lucy, ›er frisst
sie!‹

*[Hier denkt der Autor, dass Lucy übertreibt und »Das
Schweigen der Lämmer« lieber nicht hätte anschauen sollen.]*

»Setz dich doch, lies weiter«, gab ihr Claude zu verstehen,
»vielleicht kannst du das alles ja erklären.«

Lucy hatte sich immer gewundert, warum ein Mörder
seinem Opfer von seinen tragischen Kindheitserlebnissen
erzählte und über die Sinnlosigkeit des Lebens philoso-
phierte, bevor jemand ihm eine Kugel in den Kopf jagte, aber
sie merkte, dass sie sich gerade in einer analogen Situation
befand. Sie hatte noch den Gedanken, wie schön es wäre, in
Claudes tränenfeuchten Augen ein Selfie zu machen, verwarf diesen jedoch, setzte sich und begann zu lesen …

* * *

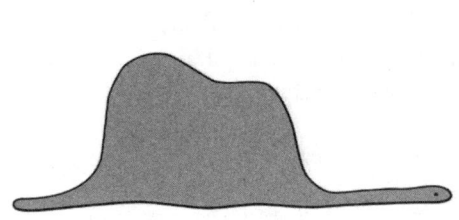

»Wer kann mir sagen, was auf diesem Bild zu sehen ist?«
Saint-Exupéry zeigte auf die Silhouette eines Hutes.

»Eine Würgeschl…« Pierre, wie jeder x-beliebige Mensch,
wollte zu gern sein Wissen preisgeben, wagte es jedoch nicht.
»Pssst, wir wissen, dass du es weißt«, flüsterte Camus. »Jeder weiß, dass es jeder weiß, aber er freut sich immer so über
die ›Hut‹-Antwort, lassen wir ihm den Spaß.« Und dann rief
er laut: »Was soll das schon sein – ein Hut!«

»Natürlich …«, Saint-Exupéry strahlte übers ganze Gesicht,
»wusste ich's doch! Das sagen alle! Seht ihr, ihr seid groß. Komische Leute seid ihr. Ihr arbeitet euch tot und könnt euch nicht
mehr erinnern, dass ihr auch irgendwann mal Kinder wart. Ich
habe mich umgebracht, weil ich nicht in so eine Welt passe. Eine
Welt, wo Filmsternchen mehr wertgeschätzt werden als der Ster-
nenhimmel; eine Welt, in der Träume eher bekämpft werden als
der Durst; eine Welt, in der eine Zimmerdecke mit Wasserfle-
cken lieber geweißt wird, anstatt jeden Morgen in den Flecken
immer wieder neue Figuren zu entdecken; eine Welt, in der man
erfolglos gegen Krieg kämpft und des Friedens überdrüssig ist;
eine Welt, in der die Natur unnatürlich behandelt wird und man
Tieren nur nahe kommen will, wenn in der aktuellen Kollektion
irgendeiner Coco Chanel wieder Echtpelzmäntel in Mode sind
… Ja, ich mag keine Welt, in der kleine Prinzen auf Fuchsjagd gehen[35] und in der Pragmatiker Idealisten für verrückt halten … Ich
habe mich geschämt, in so einer Welt zu leben, und habe mich
deshalb umgebracht, aber nun schäme ich mich, dass in dieser
Welt selbst der Selbstmord nichts mehr wert ist …«

---

35 Offenbar ist Saint-Exupéry verspätet Prinz Harrys Leidenschaft für
die Fuchsjagd zu Ohren gekommen, was er als Akt des Widerspruchs
zur Freundschaft zwischen seinem eigenen kleinen Prinzen und dem
Fuchs empfindet. (verwunderte Anm. d. Aut.)

»... Es ist schon so weit gekommen, dass als Hauptfaktor für die Wertschätzung des literarischen Wirkens ...«, murmelte Camus.

»Es ist schon so weit gekommen, dass als Hauptfaktor für die Wertschätzung des literarischen Wirkens einzig der Tod gilt und die Werke als umso dramatischer gelten, wenn die Todesursache Selbstmord lautet. Jedenfalls ist die Ära von Madame Bovary und Anna Karenina vorbei. Jetzt sind andere Verknüpfungen vonnöten, Mord ist zu einfach. Man bringt den Leser dazu, sich in den Helden zu verlieben, und dann – zack – schafft man mit dessen Tod die Illusion von etwas Tiefem, Existenziellem ...«

»Woher weißt du im Voraus, was er sagen wird?«, fragte Pierre so ehrlich interessiert, dass der Autor sich entschloss, die auf die Frage folgende Phrase mit »fragte Pierre so ehrlich interessiert« zu beginnen.

»Er wiederholt das ständig. Bei seinem Flugzeugabsturz hat er sich den Kopf gestoßen und dadurch sein Gedächtnis verloren. Wir hören das jetzt schon zum vierundvierzigsten Mal ...«

»Ich mag keine Zahlen. Ich traue auch keiner Statistik, denn statistisch gesehen ist jede zweite statistische Datenerhebung falsch. Allerdings bringen des tragischen Effektes wegen mittlerweile so viele Schriftsteller ihre Romanfiguren um, dass man mit dem Zählen nicht nachkommt. Deshalb bitte ich euch inständig: Ihr sollt nicht töten! Ansonsten tötet ihr nicht nur eure Romanfigur, sondern auch das Interesse des Lesers, und das alles führt am Ende zum Tod der Literatur ...«

»Danke!«, flüsterte jemand neben Pierre.

»Danke!« Saint-Exupéry senkte in Erwartung des Applauses den Kopf, und es ertönte ein so ohrenbetäubender Applaus, wie man ihn nur von Beethoven-Konzerten kennt.

»Pierre Sonnage hat gesagt, wenn du nicht schreiben kannst, dann schreib darüber, wie du nicht schreiben kannst. Also schreibe ich. Genauer gesagt: Ich kann nicht schreiben. Obwohl es vieles gibt, worüber ich schreiben könnte. Zum Beispiel über dieses Mädchen aus dem Haus gegenüber ...

Sie heißt Lucy. Über mich weiß sie genauso viel wie über bipolare Störungen, also überhaupt nichts.

Pierre hat gesagt, das Mädchen lernst du nicht so einfach kennen, da musst du dir was Besonderes einfallen lassen. Ich grübelte und grübelte, doch mir fiel nichts ein, außer dass mir nichts einfiel. Also schreibe ich nun darüber, wie ich nicht schreiben kann und ich deshalb nicht schreibe, weil ich nur darüber schreibe, wie ich nicht schreiben kann.

Pierre ist mein Nachbar. Er ist Schriftsteller. Mittelgroß. Sympathisch. Mit schwarzem, stets zerzaustem Haar und braunen Augen. Er belehrt mich immer wieder, dass Beschreibungen des Äußeren gar nicht notwendig seien und der Leser doch nichts weiter tun müsse außer seiner Fantasie freien Lauf zu lassen.

Pierre meinte auch, wenn mir nichts einfiele, werde er etwas tun, damit Lucy von selbst zu mir käme. Ich habe ihm nicht geglaubt, aber er gab mir folgende Anweisung: Ich müsse es einfach nur hinbekommen, hin und wieder verschiedene Mädchen mit nach Hause zu bringen und nach einer Weile die Gardine zuzuziehen, den Rest werde er erledigen.

Dann brachte Pierre sich um. Oder wurde umgebracht. Oder starb. Verstehe einer die Schriftsteller. So einer bin ich nicht. Einer werden möchte ich aber schon. Bisher schreibe ich aber einzig darüber, wie ich nicht schreiben kann ...

… Außerdem glaube ich sowieso nicht daran, dass Lucy wirklich von selbst kommt. Pierre ist Schriftsteller und kein Wahrsager. Im Leben läuft nicht alles so wie in Büchern …«

Lucy musste lachen. Erst über sich selbst, dann über Pierre, am Ende über Claude, der nicht kapierte, warum Lucy lachte, und sowieso kapierte er überhaupt nichts.

»Und das soll ein Rätsel sein!«, sagte sie und konnte sich vor Lachen kaum halten. »Das hat ja hervorragend geklappt …«

»Warum lachst du?« Die von Lucy in den Raum geworfenen Worte erreichten Claude aufgrund eines Informationsvakuums nicht. »Ist was?«

[Hier erinnert der Autor Lucy daran, dass man über Tote entweder nur Gutes oder überhaupt nichts sagt.]

»Ach, nichts«, antwortete Lucy.

* * *

»Wissen Sie, ich liebe Sonnenuntergänge …«, begann Pierre unter Verwendung des Erstbesten, was ihm aus dem »Kleinen Prinzen« einfiel, zu plaudern.

Das Treffen des Clubs war bereits zu Ende. Der Beifall – verklungen.

»Sonnenaufgänge sind nicht minder schön. Nun, Ihr Gesicht kommt mir überaus bekannt vor.« Saint-Exupéry blinzelte so, wie Leute komischerweise blinzeln, wenn sie versuchen, sich an etwas zu erinnern. »Haben wir uns schon mal irgendwo gesehen?«

»Im vorigen Leben bestimmt nicht, aber in dem davor vielleicht«, scherzte Pierre so plump, dass Gwynplaine[36] als Einziger lachen würde. Nun ja … Lachen kann man das nicht nennen.

Saint-Exupéry, gutherzig, wie er eben war, rang sich zumindest ein Lächeln ab.

»Ich kann mich auch irren«, sagte Saint-Exupéry und winkte ab, merkte dann jedoch, dass »Abwinken« zu schablonenhaft wirkte, »wie man so sagt: Das Einzige, worin man sich nicht irrt, ist die These, dass Irren menschlich ist.«

»Wenn ich mich nicht irre«, Pierre machte eine kleine Pause, »sollten Sie mir irgendetwas geben.«

Saint-Exupéry zeigte eine Gefühlsregung wie Kasimir Malewitsch, als der erfuhr, dass die ganze Welt von seinem Schwarzen Quadrat entzückt war, er zuckte also verwundert mit den Schultern und fragte: »Warum?«

Jetzt war es an Pierre, mit den Schultern zu zucken.

»Moment … ich schaue meine Notizen durch. Ich schreibe mir nämlich alle Ereignisse des Tages auf und versuche mir auf diese Weise wenigstens etwas zu merken …«

Saint-Exupéry holte einen Notizblock aus der Tasche und schlug die Notizen vom Vortag auf. »Hier, von gestern zum Beispiel: ›Heute hielt mich jemand an. Er sagte, morgen werde ein Mensch kommen, der sagt, ich solle ihm etwas geben. Dann holte er ein zerknittertes Blatt Papier aus der Tasche. Als ich fragte, wie ich denjenigen erkennen soll, meinte er, derjenige werde mich von sich aus erkennen, wenn ich aber an Gott glaube, solle ich mir das alles auf einen Notizblock schreiben, damit ich es nicht vergesse …‹

---

36 Hugos Romanfigur, die, unliterarisch (und auch unästhetisch) ausgedrückt, den Mund aufgerissen hatte.

Wahrscheinlich sind Sie dieser Mensch, dem ich irgendetwas geben soll ...«

Pierre wusste genau, dass eine Vermutung, in der gleichzeitig »wahrscheinlich dieser Mensch« und »irgendetwas geben« vorkommt, unmöglich genau sein konnte, aber da er nicht genau wusste, was er tun sollte, beschloss er eben, »dieser« Mensch zu sein.

[Hier denkt der Autor, dass es nicht immer auf die Länge ankommt – weder bei Sätzen noch bei Zungen.]

»Wie soll dieser ›Jemand‹ aussehen?« Pierre beschloss, den Knoten einfach und ohne die Erlaubnis des Autors zu lösen.

»Leider erinnere ich mich nur daran, dass ich ein schlechtes Erinnerungsvermögen habe«, sagte Saint-Exupéry lächelnd und reichte Pierre das von dem Unbekannten zurückgelassene Blatt Papier. »Ich vergesse einfach alles. Es kann passieren, dass wir uns morgen wiedersehen, und ich erkenne Sie nicht ... Moment, bevor Sie gehen ... wissen Sie, was auf diesem Bild ist?«

Und Saint-Exupéry zeigte ihm noch mal die Würgeschlange, die einen Elefanten verschluckt hatte.

Pierre fiel ein, dass er die Schlange nicht erwähnen sollte. »Das ist ein Hut, was sonst ...«

»Ach, ihr Großen seid alle gleich. Komische Leute seid ihr ...«, murmelte Saint-Exupéry traurig. »Was wäre, wenn wir alt geboren und uns in Richtung Kindheit zurückentwickeln würden ... Es kann doch sein, dass das Licht am Ende des Tunnels das Licht des Zimmers ist, in dem wir geboren werden ...«

Rückkehr in die Kindheit – Pierre fiel Benjamin Button ein. Und ihm fiel auch ein, dass Saint-Exupéry gar keine Erinnerung daran haben konnte. Zur Beruhigung und Verabschiedung sagte er:

»Tja, die Großen werden Ihre Ängste nie verstehen …«

X.

Die Karte der Literatenhölle

Pierre hatte in Bücher eingeklebte Karten schon immer gemocht. Erstens vereinfacht eine Karte das Verständnis der Geschichte, und zweitens ersetzt sie überflüssige Beschreibungen. Zum Beispiel ist ein Geschreibsel wie »Zwei Kilometer südwestlich vom ›Jahrmarkt der Eitelkeiten‹ liegt die Post des Obersts, die schon niemand mehr benutzt« schlimmer als eine Landkarte. Drittens ist die Karte ein Bild, und ein Bild stellt eine ideale Erholung für müde Augen dar, und viertens, zusammen mit allen anderen Vorteilen, schafft eine Karte die Illusion einer verschlungenen Handlung …

Jedenfalls entdeckte Pierre beim Ausbreiten von Saint-Exupérys zerknitterter Karte außer den Aufzählungspunkten noch ein Gedicht auf der Rückseite, und ihm wurde klar, dass die Handlung noch viel verschlungener war als gedacht:

GRAB DES UNBEKANNTEN
HUNDES

5. »HOTHELLO«

1. BIBLIOTHEK DER
TOTEN BÜCHER
»451° FAHRENHEIT«

2. DESDEMONIUM-PLATZ

GA-STREET-IS

9. CASINO
»ROGGENFELD«

4. WETTBÜRO
»MACBET«

BIG
BROTHER'S
CHANNEL

E&L

3. RESTAURANT
»EAT & LOVE«

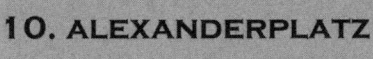

POES RAVENUE

CASINO-ROYALE-STRASSE

EINKAUFSZENTRUM
»JAHRMARKT DER
EITELKEITEN«

10. ALEXANDERPLATZ

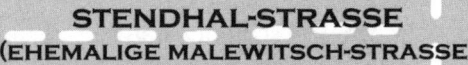

STENDHAL-STRASSE
(EHEMALIGE MALEWITSCH-STRASSE)

6. WECHSELSTUBE
»BUDDENBROKERS«

GLEIS
9 ¾

ARC DE
TRIOMP

RED
SQUARE

BLACK
SQUARE

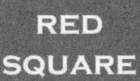

EINE STRASSENBAHN
NAMENS SEHNSUCHT

CORMAC-MCCARTHY-STRASSE

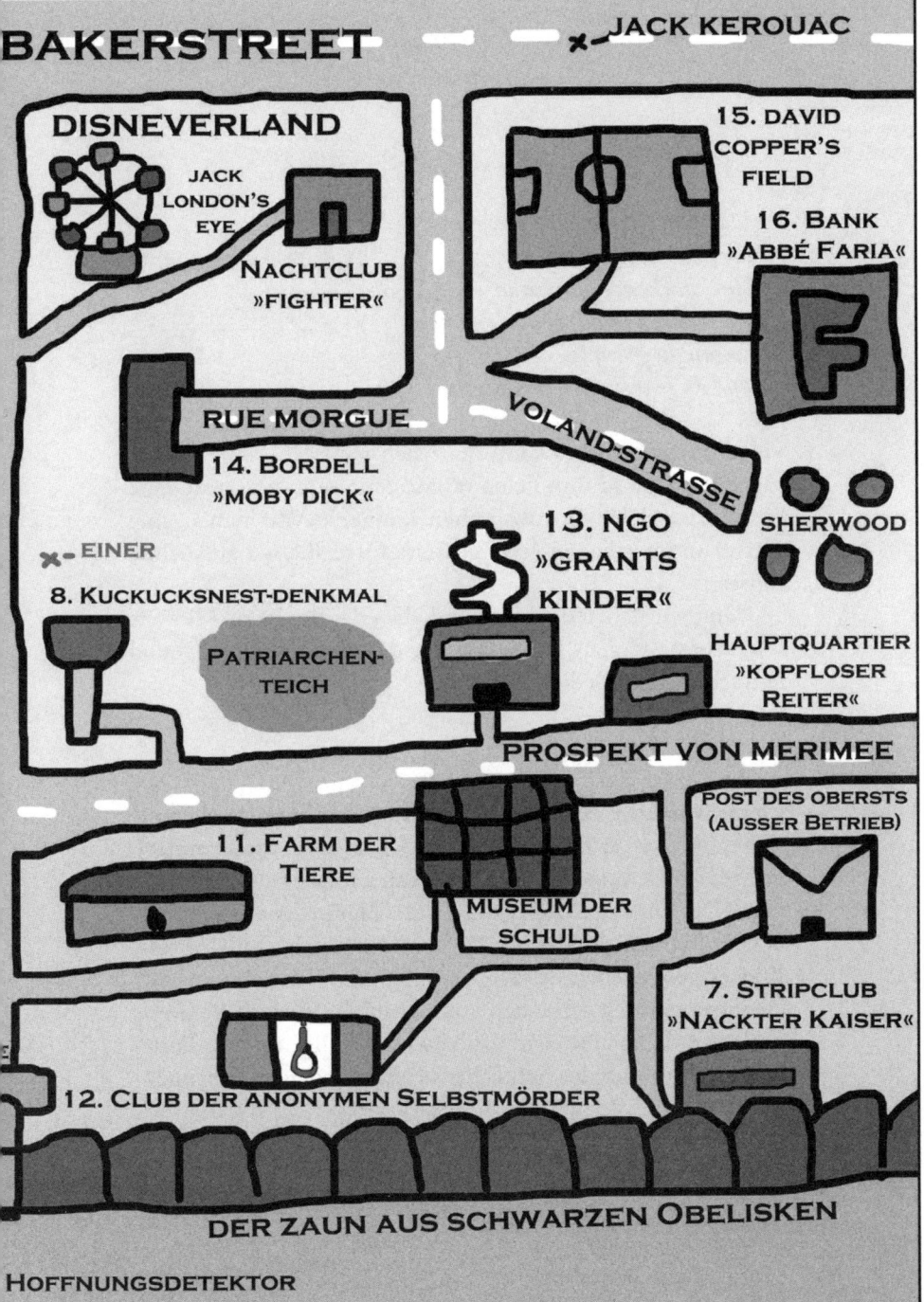

232° Celsius

Du wirst fliegen, entedecken,
der See ist zugefroren,
einer blickt auf dich herab.
Ich wette, dass du merken wirst,
wohin du gehen sollst,
und du packst schon den Koffer.

»Hach, was Besseres kann man sich gar nicht wünschen!«,
sagte Pierre, und ihm fielen mindestens zehn bessere Dinge
ein, die er sich hätte wünschen können. »Wir haben eine
Karte, und wir haben verschlüsselte Orte, die wir aufsuchen
müssen …«

»Und wir haben die Hoffnung, dass das der letzte Hinweis
ist«, seufzte Conan Doyle wie ein depressiver Saurier[37] und
betrachtete das Gedicht.

* * *

Pierre wunderte sich immer über die alten Schriftsteller, die
siebenhundertseitige Bücher schrieben und diese einfach
mit »David Copperfield« oder »Anna Karenina« betitelten.
Natürlich machten sie dadurch die Hauptfiguren unsterb-
lich, aber in der modernen Welt, in der mittlerweile so viele
Bücher geschrieben werden, dass man darüber schon wieder
ein eigenes Buch schreiben könnte, spielte Pierres Meinung
nach der Titel eine sehr bedeutende Rolle. »Harry Potter
und die Kammer des Schreckens« klingt jedenfalls spannen-

---

37 Möglicherweise könnt ihr euch nicht vorstellen, wie ein depressiver
    Saurier seufzt. (ehrl. Anm. d. Aut.)

der als »Harry Potters Abenteuer« und »Die Hunger-Spiele« interessanter als »Die unglaubliche Geschichte von Peeta und Katniss«.

Natürlich waren auch die Umschlaggestaltung und der Name des Autors entscheidend, denn eines wusste Pierre nur zu gut: Hauptsache, du hast zuerst einen Namen und irgendein Buch, dann kannst du sogar ein Handtuch mit deinem Namen drauf verkaufen. Obwohl der Titel bewusst (und manchmal unbewusst) trotzdem eine Rolle spielte.

Genau deshalb pflegte Pierre immer zu sagen, der Titel sei wie eine Visitenkarte …

* * *

… »und wenn er nicht irgendwie hervorgehoben ist, beachtet ihn keiner«, sagte Pierre.

Der Titel des Gedichts war es auch, der sie zur Bibliothek der toten Bücher »451° Fahrenheit« führte. Jedenfalls, wenn 232° Celsius umgerechnet 451° Fahrenheit entsprechen.

In der Bibliothek der toten Bücher befanden sich hauptsächlich Bücher, deren Lektüre die Leser nach der Hälfte aufgegeben hatten. Eben solche von der Art, die man anfängt zu lesen, aber trotz der »Immerhin-habe-ich-schon-mal-angefangen«-Durchhalteparole nie zu Ende liest. Aber auch solche, deren »Lebens«-Spanne von der Lebensspanne der Freunde und Verwandten des Schriftstellers abhängig war und die so langweilig waren, dass sie im Einschlaf-Business den Schafen große Konkurrenz machen würden.

»Hoffentlich befindet sich der Hinweis nicht in irgendeinem der Bücher«, seufzte Conan Doyle mit einer Stimme, die genau zu einem faulen Menschen passte, und als Antwort auf sein Seufzen entdeckte er auf der Hauswand neben einer alten Inschrift (»Vorsicht! Ich sehe alles!« – Der Große Bruder) einen frisch gemalten Buchstaben »E«.

* * *

Musste Pierre sich zwischen Buch und Verfilmung entscheiden, stand er immer auf der Seite des Buches. Genauer gesagt – auf den Seiten. Wahrscheinlich weil – wie ein großer Literat sagte – »am Anfang das Wort war und nicht das Bild«. Pierre stellt jedoch fest, dass in unserem Jahrhundert, da man aus Zeitmangel die Nase weder in ein Buch noch in die Angelegenheiten von Freunden und Verwandten steckte, ein Film gegenüber einem Buch einen entscheidenden Vorteil hatte: Er nahm weniger Zeit in Anspruch.

Das war der Grund für die Bücher-Anorexie des einundzwanzigsten Jahrhunderts – dünne, kurze Romane, die der geübte Leser auf dem Weg zur Arbeit anfing zu lesen und auf dem Nachhauseweg beendete. Mit einem Wort, er würde sie in kürzerer Zeit durchlesen, als man brauchen würde, um einen durchschnittlichen Film anzuschauen.

Pierre war natürlich auch klar, dass das Zeitalter der (äußeren und inneren) Erhabenheit von Büchern wie dem »Zauberberg« vorüber war, hatte aber weiterhin dicke Bücher verfasst. Allerdings las er lieber dünne ...

* * *

»Der Fänger im Roggen« war ein dünnes Buch. Und ein gutes dazu. Deshalb hatte Pierre es mehrmals gelesen. Er mochte es, aber nicht so sehr, dass er auch noch Paul McCartney umgebracht und danach die Schuld auf das Buch geschoben hätte.[38] Außerdem wirkte die rebellische Figur des Holden Caulfield im neuen Jahrhundert schon unfreiwillig komisch, und Pierre zufolge lag der Hauptgrund für die Begeisterung für den Roman darin, dass die Elite darauf beharrte, man müsse dieses Buch unbedingt mögen.

Immerhin half es ihm jetzt. Pierre wusste nicht, wohin die Enten im Winter fliegen, wenn der Teich im New Yorker Central Park zufriert[39], aber als er die ersten beiden Verse gelesen hatte (»du wirst fliegen, *entedecken*, der See ist zugefroren«), war ihm sofort klar, wohin er gehen musste.

Das Casino »Roggenfeld« befand sich in der Hölle in der Casino-Royale-Straße und war unter den Schriftstellern sehr populär. Hauptsächlich deswegen, weil das Casino eine der besten Quellen für literarische Ideen darstellte. Dementsprechend brauchte man statt Geld Ideen. Angenom-

---

38 Im Prozess um den Mord an John Lennon bezeichnete Mark Chapman den »Fänger im Roggen« als seine Bibel. (wikipedia-gestützte Anm. d. Aut.)

39 Die unbeantwortete Frage, die Holden Caulfield im Laufe des Romans ständig wiederholt. Die unbeantwortete Frage, die Holden Caulfield im Laufe des Romans ständig wiederholt. Die unbeantwortete Frage, die ...

men, ein Schriftsteller geht mit einer groben Romanidee hinein (»eine depressive Katze, die beschließt, sich neunmal umzubringen, und am Ende dermaßen viel Spaß an der Suche nach vielfältigen Selbstmordvarianten hat, dass sie es sich anders überlegt« oder »eine durch neue Technologien faul gewordene Welt, wo die Menschen alles dafür tun, nichts mehr tun zu müssen«), kann er diese als Wetteinsatz bieten und kommt, wenn ihm das Glück hold ist, mit einer guten Romanidee wieder heraus. Normalerweise verloren die meisten Schriftsteller jedoch ihre eigene Idee und leisteten so einen großen Beitrag zur Vergrößerung des Casino-Ideenfonds …

Pierre und Conan Doyle brauchten nicht reinzugehen. Der große Buchstabe an der Fassade war nicht zu übersehen.

* * *

Pierre schrieb selten über Sex. Er bevorzugte eigene Erfahrungen; sein Buch sollte nicht deshalb gekauft werden, weil es mit »spermanent erotischer Lexik« durchtränkt war. Anders ausgedrückt, ruhte Pierres Hoffnung auf der Literatur

118

und nicht auf der Anatomie. Erstens war diese Nische schon mit Houellebecq besetzt, und zweitens ... tja, im Prinzip wie erstens.

Er ärgerte sich auch über Manipulation mit Religion – wenn Autoren versuchten, Christus mit ihrer Hauptfigur zu symbolisieren und dafür gleich von Beginn an Ähnlichkeiten mithilfe banaler Hinweise produzierten. Mit dem Alter (neununddreißig) oder der Anzahl der Schüler (zwölf) beispielsweise. Selbstverständlich hatte diese Ähnlichkeit keine besondere symbolische Bedeutung, aber Passagen aus dem Evangelium schufen für den Leser eine Illusion des »irgendwie Tiefgründigen«, »irgendwie Großen« und »irgendwie Göttlichen«.

Aufgrund dieser Meinung ist es nicht sehr verwunderlich, dass Pierre nicht berühmt war und ohne ein Denkmal in Vergessenheit geraten würde ...

* * *

Das Kuckucksnest-Denkmal (»Einer blickt auf dich herab«) war eine der Hauptsehenswürdigkeiten der Literatenhölle – ein leerer Sockel, auf dem weder »Einer« noch ein Kuckucksnest zu sehen war. Genauso ein Denkmal bekämen der Löffel aus »Matrix« und der perfekte Mann. Die Schriftsteller jedenfalls mochten das Denkmal: Es sei »symbolisch«, denn sie kannten den wichtigsten Grundsatz des einundzwanzigsten Jahrhunderts: »Die Hauptsache ist nicht das, was man malt und darstellt, sondern wie man es nennt.« Jedenfalls trug das Kuckucksnest-Denkmal seinen Namen zu Recht. Mehr noch: Wäre auf dem Sockel wirklich ein Nest gewesen, hätte das die Bedeutung des Denkmals wesentlich geschmä-

lert, und wer weiß, ob der unbekannte Gegner den Sockel
dann überhaupt bemalt hätte ...

Denn jetzt präsentierte er sich ihnen in Form eines frisch
gemalten »E« – bereits dem zweiten – auf dem Fuße des So-
ckels.

* * *

Dialoge waren für Pierre die elementaren Teile einer Erzählung. Deshalb verglich er Romane manchmal mit Erholungs-
parks und Dialoge mit Bänken. Ein Park ist schön und gut,
aber wenn man beim Spazierengehen nicht ab und zu mal
eine Pause machen kann, wird man müde, meinte er.

Allerdings hatte er Fußnoten den Kampf angesagt. Für ihn
war eine Fußnote nichts weiter als ein vom Schriftsteller an
den Leser gerichtetes Zeichen der Überlegenheit, und zwar
aus der Überzeugung heraus, viel mehr Wissen als jener zu be-
sitzen.[40] Besonders zuwider waren ihm Bücher mit Fußnoten,
die länger waren als das Geschriebene und selbst noch eine
Fußnote brauchten. Er hatte zwar Verständnis für Schriftsteller, die tiefe und umfassende Gedanken in ihren Schriften
darlegten und befürchteten, diese würden ohne Fußnote ver-

---

40 Pierre Sonnage, »Das Leben wie ein Film«, 2010, S. 121, fünfte Zeile

loren gehen, aber im Grunde machte er sich nichts aus tiefen und umfassenden Gedanken.

Zumindest Anspielungen mochte er. Natürlich nicht die »ins Haar geflochtenen Knospen«, welche sich auf eine völlig unbekannte wortwörtliche Übersetzung eines wenig bekannten Gedichtes eines romantischen Dichters bezogen, oder den abgeschmackten Blick in die Augen mit metaphorischem Wink Richtung Splitter und Balken. Er wollte die goldene Mitte – irgendwas zwischen radikalem Intellektualismus und primitiven Mustern. Jedenfalls begriff Pierre nicht, dass es besser war, im eigenen Buch den Sinn zu suchen, als in dem eines anderen die Fußnoten und Anspielungen zu durchkämmen.

Metaphorisch ausgedrückt natürlich.

* * *

»Ich wette, dass du merken wirst«, war überaus primitiv. Primitiver als die Zellstruktur einer Amöbe oder der Vergleich zwischen Coca-Cola und Pepsi-Cola.[41]

Das Wettbüro »MacBet« gehörte Shakespeare und war in der Hölle der beste Ort, um Literaturwetten abzuschließen. Die Schriftsteller wetteten beispielsweise, welchen Beruf der Mörder in Agatha Christies neuem Krimi haben wür-

---

41 Das ist eine Anspielung des Autors auf P. Coelhos Buch »11 Minuten«, in dem die Hauptfigur vor einem Gespräch über tiefschürfende Themen erkennt, dass sie nur Pepsi-Cola von Coca-Cola unterscheiden kann. Die Anspielung bringt er nur deshalb, weil sich P. Coelho nach Meinung des Autors gar nicht vorstellen konnte, dass irgendjemand in dieser Zeile eine Anspielung sehen könnte. Der Autor ist jedenfalls gutherzig.

de, wer draußen in der großen, weiten Welt den Nobelpreis bekommt, ob dieser oder jener Schriftsteller früher sterben und dementsprechend in die Literatenhölle übersiedeln wird ...

... Ein andermal hätte Pierre gern eine Wette abgeschlossen, aber für eine biblioptische Prognose hatte er jetzt keine Zeit. Zumal der Verfasser der kryptischen Nachrichten dieses Mal riesige künstlerische Freiheit an den Tag gelegt und zum Beweis seiner Existenz an der Außenwand des »MacBet« gleich drei Buchstaben auf einmal hinterlassen hatte.

Die Mode aus dem Diesseits hatte nun offenbar auch die Hölle erreicht.

* * *

Pierre konnte sich nicht erklären, wodurch Dinge populär wurden. Worin sich das »Schwarze Quadrat« vom roten Kreis seines Nachbarn Jean unterschied und warum ein von Picasso gezogener Strich dem von Jean gezogenen Strich vorgezogen wurde. Und ganz allgemein, warum irgendetwas nur deshalb populär wurde, weil dessen Urheber eines Tages einfach aufgestanden und gestorben war.

Später begriff er, dass PR die Welt bewegte. Dass alles käuflich ist, ich, du, er, sie, es, wir, ihr, sie eingeschlossen. Dementsprechend muss jemand, der sein selbst gestaltetes Werk nicht verkaufen kann, sich selbst verkaufen. Pierre hatte schon immer die PR gefehlt, und so hoffte er stets vergeblich, dass sein neuestes Buch in der im Büchermeer versunkenen Welt bereits am Tag nach dem Schreiben an der Meeresoberfläche auftauchen würde. Gegeben wurde ihm aber weder der Nobelpreis selbst noch die Hoffnung, den Nobelpreis zu bekommen.

Letztlich begriff Pierre, dass Menschen für PR aufopferungsvoll arbeiteten – und manchmal sogar sich selbst opferten. Und so opferte er sich.

* * *

»Und, was hat es ergeben?«, fragte Conan Doyle mit einer Betonung, die ein Fragezeichen am Satzende nahezu überflüssig werden ließ.

»CHE-E-S-E«, antwortete Pierre und machte mit einem imaginären Fotoapparat ein nicht weniger imaginäres Foto.

»Das heißt?«[42]

»Das heißt: Bitte lächeln. Unser Graffiti-Maler scheint unter Grafomanie zu leiden.« Pierre bekam eine Laune wie Louis XVI. auf der Guillotine, als diesem einfiel, dass die Guillotine überhaupt erst dank seiner Intitiative entwickelt worden war.

»Er hat sich einfach nur über uns lustig gemacht.«

»Nichts geschieht einfach so.« Conan Doyle stellte eine dermaßen unhaltbare Behauptung auf, dass sich der Au-

---

42 Wenn er sich nur dieses »Das heißt« abgewöhnen könnte! (gelangw. Anm. d. Aut.)

tor für ihn schämte. »Der Hund liegt anderswo begraben. Niemand hätte uns grundlos an vier verschiedene Orte geführt.«

Pierre blieb nichts anderes übrig, als ihm darin zuzustimmen, dass ihm nichts anderes übrig blieb, als zuzustimmen. Daher wandte er sich wieder der Landkarte zu.

»Vielleicht müssen wir die vier Punkte verbinden?«

Diesen Gedanken musste Conan Doyle sich erst durch den Kopf gehen lassen, er verwarf ihn aber schnell, da beim Verbinden der Punkte eine so seltsame Pfeife entstand, dass selbst René Magritte[43] vor Neid erblasst wäre.

[Hier seufzt der Autor und entschließt sich, Pierre einen Geistesblitz zu bescheren – einmal noch und dann nimmermehr.]

Und plötzlich wurde Pierre klar, dass ihm etwas klar wurde …

* * *

Ein Bestseller muss nicht unbedingt ein gutes Buch sein. Natürlich auch kein schlechtes. Geld macht nicht glücklich, Armut aber auch nicht – so in etwa.

Pierre hatte lange darüber nachgedacht, was ein Buch zum Bestseller machte und warum jedes beliebige Buch von Stephen King öfter gelesen wurde als »Ulysses«. Dann dachte er darüber nach, warum er Joyce und King überhaupt verglich, was aber nichts an dem Fakt änderte.

---

43 Das ist keine Anmerkung. Der Autor möchte einfach mitteilen, dass ein Gemälde von René Magritte gemeint ist, welches eine Pfeife mit der Aufschrift »Das ist keine Pfeife« darstellt.

Allmählich begriff er, dass heutzutage niemand mehr den Nerv hatte, sich mit Joyces vielschichtigen Ideen zu befassen, und fand das Leben der Menschen beschwerlich genug, als dass sie es sich noch schwerer machen müssten, und letztendlich wurde ihm klar, dass nicht die tiefgründige Philosophie, die man den Enkeln hinterließ, ein Buch zu einem Bestseller machte, sondern ein guter Titel, ein origineller Einband, ein populärer Autor, ein geringer Umfang, eine Handlung frei von Anspielungen, minimalistischen Anmerkungen und natürlich PR.

[Hier möchte der Autor Pierre fragen, ob er lange gebraucht hat, um diese geniale Schlussfolgerung zu ziehen, er möchte jedoch nicht mit seinen Kommentaren in eckigen Klammern die Erzählung unterbrechen.]

Der einzige Wermutstropfen in dieser lyrischen und umfassenden Abschweifung: Pierre hatte das alles in der falschen Reihenfolge – also direkt mit der PR – angefangen. Dementsprechend wäre ihm zum Schreiben des Bestsellers (vom Veröffentlichen ganz zu schweigen) nur sehr wenig Zeit (und auch Raum, im Prinzip) geblieben – nämlich von der Aussichtsplattform im hundertachtundvierzigsten Stock des Wolkenkratzers bis zum Boden …

* * *

»Schau mal«, Pierre zeigte auf die Karte, »alle Punkte haben einen Namen, aber nur manche auch eine Zahl. Das heißt also …«

»Dass es nicht entscheidend ist, wo man hingeht. Und genauso wenig, mit welcher Zahl der Ort gekennzeichnet ist.«
Conan Doyle langweilte sich in der Rolle des Watson.

Nun, Zahlen hatte Pierre noch nie gemocht. Dementsprechend auch nicht die Mathematik. Er war fest davon überzeugt, dass ihm im Leben weder Kotangens Alpha noch logarithmische Gleichungen etwas nützen würden, vom Berechnen des Durchmessers und Flächeninhalts eigenartig geformter Körper ganz zu schweigen. Seiner Meinung nach sei Mathematik »niemals eine lebenswichtige Wissenschaft« und das Erlernen von künstlicher Beatmung besser als das Pauken von Formeln. Da würde wenigstens was bei rauskommen.

Ungeachtet solcher Skepsis trat nun der Fall ein, dass die Lösung in Zahlen versteckt war.

»Stimmt. Die Nummern der Punkte sind wichtig. 1. 9. 8. 4. Ich glaube fast, unser Gegner hat außer Orwell nichts gelesen.«

»Siehst du, jetzt brauchen wir die Karte.« Conan Doyle versuchte die Dinge positiv zu sehen und legte seinen Finger dorthin, wo »BBC – Big Brother's Channel« stand.

Langsam begann der Knoten sich zu lösen.

XI.

Po(e)stmodernismus

*»Das Leben ist wie das Klavier eines Menschen, der in den
neunten Stock umzieht – schwer, aber tragbar.«*
Pierre Sonnage, »Memento Moriarty«, 2008

Der »Big Brother's Channel« war der einzige Fernsehsender in der Literatenhölle. Er befand sich zwar in einem un-
scheinbaren Gebäude, strahlte aber Nachrichten von großer
Wichtigkeit aus. Primär war er nur dazu da, das Leben der
Schriftsteller mittels überall in der Hölle angebrachter Kameras als eine große Realityshow zu zeigen. Diese Show
funktionierte nach einem einfachen Prinzip: Jeder konnte
sich einen Schriftsteller aussuchen, den er überwachen wollte, und im Fernseher liefen dann automatisch Ausschnitte
aus dessen Leben. Anders ausgedrückt war es der erste Fernsehsender überhaupt, der seinen Zuschauern selbst zuschau-

te und gegebenenfalls die Zuschauer wiederum anderen Zuschauern zeigte.

Der Sender wurde vom Großen Bruder geleitet, dem es gelang, dass ihn niemals jemand zu Gesicht bekam, selbst George Orwell nicht, keiner hatte eine Ahnung von seiner Identität. Die einen dachten, der Große Bruder existiere überhaupt nicht und sei von George Orwell nur erdacht worden, um die Leute einfacher zu verwalten. Andere wiederum dachten, der Große Bruder sei überall und werde genau dann erscheinen, wenn es niemand erwartete.

So war das mit dem Großen Bruder und seinem Fernsehsender; und in der freien Sendezeit gab es ansonsten nur zwei Arten von Programm: Nachrichten und Klatsch. Nachrichten, damit man etwas über das Höllenleben erfuhr, und Klatsch, damit einem das Leben wie die Hölle vorkam.

Als Conan Doyle und Pierre den Sender betraten, liefen gerade die Nachrichten: »Die Chronik eines angekündigten Todes! Heute Abend kommt der berühmte kolumbianische Schriftsteller Gabriel García Márquez in die Hölle«, verkündete der Sprecher mit zufriedenem Gesichtsausdruck. »Der Patriarch des Herbstes wird am Tor bereits von Freunden, traurigen Huren und Bewunderern erwartet. Wir schalten in Kürze zum Tor-Bereich, aber bis dahin …«

»Sie schon wieder?« Anstatt eines Grußes betrat George Orwell mit einer direkten Frage das Foyer. »Was suchen Sie diesmal?«

[Hier sind nicht nur Conan Doyle und Pierre verwirrt, sondern auch der Autor, da ihre einzige Spur – wenn man die Säuren nicht mitzählte – besagte, dass Orwell etwas wissen musste.]

»Haben Sie keine Benachrichtigung oder einen Brief für uns?«
Pierre versuchte es mit der Saint-Exupéry-Methode.

Nichts.

»Heute findet statt. Edgar Allan Poes. Jährliches Festival.
›Poes Modernismus‹. Bei dem es um moderne Literatur geht.
Minimalistische Werke. Sind eingereicht worden …«, drang
Ernest Hemingways Stimme über den Äther, wie gewohnt in
kurzen Sätzen. »Ich würde. O'Henrys minimalistische Erzählung. Auswählen. Die den Titel ›Schweigen‹. Hat. Und auch
gleich da endet …«

»Kann man nicht mithilfe der Kameras schauen, ob es noch
weitere Botschaften gibt?« Pierre versuchte bereits zum zweiten Mal den literarischen Knoten mit unlauteren Mitteln zu
lösen.

Es gelang ihm nicht.

»… und noch etwas. Eine minimalistische Erzählung. ›Der
Hirte‹: Der Hirte darf heute Abend nicht mehr einschlafen.
Ansonsten würde er jede Nacht zwei Schafe verlieren. Vier-
undvierzig Schafe wurden ihm insgesamt anvertraut. Er er-
innerte sich nicht, wie viele ihm geblieben waren. Eins, zwei,
drei, vier … Beim fünfundzwanzigsten schlief er ein …«, fuhr
Hemingway mit dem Vorlesen der minimalistischen Erzählung fort. »Es ist auch Poesie enthalten. Obwohl. Ich trotz.
Meiner Mitgliedschaft. Im Klub der toten Dichter. Prosa bevorzuge …«

Nun kam der Zeitpunkt, an dem man bedauert, dass jemand ein so großes Werk über Bord geworfen hat, aber wer
weiß schon, in welches kalte Wasser man selbst fallen würde.

»Schau!«, schrie Pierre plötzlich und machte Conan Doyle
auf das im Fernsehen hinter Hemingway sichtbare Graffito
aufmerksam. Es war ein neues Graffito. Dem nicht genug – es

war ein unvollendetes Graffito. Und dem immer noch nicht genug – es war ein gerade entstehendes Graffito, das eine kapuzenverhüllte Person unter großen Mühen malte.

[Wo konnte ich nur Mühen erwähnen? – Erw. d. Aut.]

»Das ist es!« Pierre war so aufgeregt, wie Newton es gewesen sein musste, als er sich über den schmerzenden Kopf strich und erleichtert feststellte, dass er keine Beule hatte. »Wir müssen uns beeilen!«

»… Na dann. Minimalistisches Festival. Auf dem Black Square. Wir erwarten euch alle …« Hemingway blickte in die Kamera, hinter ihm war der Maler noch immer in seine Arbeit vertieft und ließ sich durch nichts ablenken. »… Wir sehen. Uns bald …«

Der Black Square befand sich in der Nähe des Fernsehsenders, und Conan Doyle und Pierre benötigten zügig laufend trotz zunehmender Atemnot nur wenig Zeit für den Weg. Trotzdem gelang es dem Maler in der Zwischenzeit, sein Werk fertigzustellen, und an der Wand war nun mit unbekannter Schriftart das bekannte »POE« zu lesen.

»Ich glaube, es ist Zeit herauszufinden, wer wirklich hinter dem Ganzen steckt«, sagte Pierre und ging zu dem kapuzenverhüllten Maler.

* * *

»Komisch ist die Liebe – du glaubst, du kannst ihretwegen Berge versetzen, dabei schaffst du nicht mal den einen entscheidenden Schritt.«
Pierre Sonnage, »Homo Fabergé«, 2006

Lucy und Claude trafen sich im Café »Partkom«. Weder der eine noch der andere mochte den Ort, aber für Lucy war entscheidend, dass »Art« im Namen vorkam, und für Claude das Treffen selbst. Insofern fühlte sich keiner von beiden unwohl. Claude wusste, dass der Unterschied zwischen Schreiben und Sprechen darin bestand, dass man, wenn einem kein Gesprächseinstieg gelingt, nicht darüber reden sollte, wieso man nicht reden kann, deshalb war er still. Lucy wusste, dass diese Geschichte, wie ungewöhnlich sie auch sein mochte, wenigstens eine Liebesgeschichte erforderte, aber sie hatte nichts zu sagen und war deshalb ebenfalls still.

Mit anderen Worten: Es gibt Situationen, in denen man sehr viel zu sagen hat, aber sehr wenig sagt, weil jeder einzelne Satz einem Schachzug gleichkommt. Ein falscher Zug, und der Vorteil geht an die gegnerische Seite.

Claude dachte in dieser Situation wenig über Schach nach. Eigentlich dachte er insgesamt wenig. Eher fühlte er. Er fühlte, dass es nicht der richtige Moment zum Nachdenken war, und dachte, dass er das Gefühl verbal ausdrücken müsse. Deshalb vergaß er auch den gesamten Text, den er sich vorher zurechtgelegt hatte, holte, die Größe seiner Lunge missachtend, tief Luft und:

»…«

»Schon gut«, hielt Lucy ihn zurück, bevor er überhaupt die Stimme erheben konnte, »besser, wir machen gleich zu Beginn der Sache einen Punkt.«

»Ich habe während unserer Beziehung schon so viele Punkte gemacht, dass am Ende Auslassungspunkte herausgekommen sind und ich mit denen weitergemacht habe«, sagte Claude und dachte: ›Das muss ich mir merken und irgendwo in einer Erzählung verwenden.‹

»Hör mal«, hob Lucy an, »Liebe ist für mich etwas anderes. Ich mag Alternative Music, weil es dazu keine Alternative gibt, mag moderne Literatur, weil sie modern ist, mag Fotografie, weil ich auf Selfies gut rüberkomme, mag elitäre Kultur, weil ich nicht weiß, warum ich sie mag, mag Fanshirts von Rockbands, weil ich Rockmusikhören allein langweilig finde, mag Amélie, weil es in Mode ist, Amélie zu mögen ... Also, ich mag vieles, und jede meiner Vorlieben hat ihren Grund. Aber ich werde mich nicht in dich verlieben, nur weil es das Sujet so erfordert ...«

»Und wieso bin ich dann aufgetaucht?«, fragte Claude verwirrt. »In Büchern passiert doch nichts ohne Grund. Selbst eine Figur, die nur auf einer Zeile vorkommt, ist Teil von irgendetwas.«

»Ich weiß es nicht.« Lucy zuckte mit den Schultern. »Vielleicht als Zeichen dafür, dass nicht alles ein Happy End haben muss ...«

»Aber ich liebe dich doch!«

[»Donnerwetter! Hut ab!«, Bem. d. Aut.]

»Ich möchte dich auch ... gern lieben, aber die Liebe ist kein Weizen, den man im Frühjahr aussät und im Sommer erntet«, sagte Lucy und dachte darüber nach, welch großen Unsinn sie gerade von sich gegeben hatte.

»Lucy, wir haben doch eine gemeinsame Geschichte, die es verdient hätte, positiv auszugehen ...«

»Oder die jetzt Geschichte sein sollte!«

»Kurzum, du bist unzugänglich wie die Thermopylen«, sagte Claude und begriff, dass ein origineller Vergleich zu diesem Zeitpunkt genauso blödsinnig war, wie überhaupt für einen originellen Vergleich die Thermopylen heranzuziehen. »Nun, wir hätten aus vielen schönen Dingen schöne Erinnerungen machen können, denn das Leben besteht aus Emotionen und nicht aus Tagen. Und wenn du die schönen Minuten aus Angst vor der Zukunft ablehnst, heißt das, du lehnst Emotionen ab; Minuten, die länger andauern als eine emotionslos verschwendete Woche …«

»Wie die Oberfläche glänzt …« Lucy betrachtete sich im Rücken ihres Löffels und richtete ihr Haar. »Los, wir machen in diesem Löffel ein Selfie von uns.«

* * *

»Ich glaube, es wird Zeit herauszufinden, wer wirklich hinter dem Ganzen steckt!« Pierre versuchte es mit Effekthascherei, indem er es so machte wie bei den TV-Serien, wenn nach der Werbung Ausschnitte aus der letzten Folge wiederholt werden.

»Bisher stecken nur wir dahinter«, sagte Conan Doyle mit einer selbst erdachten Redewendung und schob Pierre in Richtung des kapuzenverhüllten Mannes.

Pierre drängte es plötzlich zu sagen, es sei viel zu banal, dem Mann einfach die Hand auf die Schulter zu legen, ihn umzudrehen und ihm die Kapuze abzunehmen, die ewige Ermittlung würde völlig ihren Sinn verlieren; es sei nur ein Versehen des Verdächtigen und eines Sir Arthur Ignatius Conan Doyle gar nicht würdig, solch eine primit…

Und, wie sollte es anders sein, Pierre begriff mit einem Schlag, was ihn schon die ganze Zeit wie Phobos und Deimos umgab: S-ir A-rthur I-gnatius C-onan D-oyle.

ACIDS!

›Ach, wer hätte das gedacht! Wie konnte ich das übersehen!‹, dachte Pierre und wandte sich zu Conan Doyle um:

»Du ...«

Und plötzlich bekam Pierre noch mal einen Schlag, und zwar von genau dem Menschen ... der die ganze Zeit an seiner Seite gewesen war. Der Schlag von Conan Doyle stellte sich als sehr hart heraus.

»Finita la comedia«, murmelte Pierre und verlor spurlos das Bewusstsein ...

Der Kapuzenmann hatte nichts von sich gegeben. Er malte einfach weiter. Ans Ende des roten POE malte er ein schwarzes T – es war der offizielle Name des poetischen Teils von Poes Festival ...

* * *

Claude dachte, Liebe ist nichts anderes als Gewöhnung. Die Menschen hatten oft bloß zu wenig Geduld, um diese Stufe zu erreichen. Auch er. Er wollte genau heute, jetzt, in diesem Café alles herausfinden.

»War es das, für immer?« Claude versuchte handfeste Tragik in die Unterhaltung zu bringen, denn der Ausdruck »für immer« wirkt unterbewusst auf den Menschen.

Lucy sagte: »Man soll ja niemals nie sagen, aber ...«, der Dialog hatte schon lange nach dieser Phrase verlangt, »ich liebe es zwar, wenn mich jemand liebt, aber ich liebe es nicht, das zu lieben. Deshalb glaube ich, dass es mit uns nichts wird.«

»Woher wisst ihr Mädchen heutzutage immer im Voraus, was in der Zukunft passieren wird?« Claude war entschlossen, das im genetischen Code des weiblichen Geschlechts verankerte jahrhundertealte Geheimnis innerhalb einer Minute zu knacken.

»Weil ich andere Jungs mag ...«

»Was für welche?«

Lucy war verwirrt. Normalerweise war das bei anderen ein schlagendes Argument gewesen, das keiner hinterfragte.

»Was weiß ich ... eben andere ...«

»Und was für einer bin ich?«

Lucy war noch verwirrter, weil sie gar nicht so recht wusste, was für einer Claude war, und auch nicht, was für einer er hätte sein sollen, damit sie sich in ihn verliebte.

»Jetzt reicht's!« Lucy profitierte von der einzigartigen Regel, dass man, wenn man keine Antwort weiß, die Frage einfach abschmettern kann. »Wir haben versucht, eine Liebesgeschichte in diese verschlungene Geschichte einzubinden. Das hat nicht geklappt. Es wird Zeit, das zu beenden.«

»Na gut ...«, Claude machte ungefähr so ein Gesicht wie Hitler, als er durch die Aufnahmeprüfung an der Kunstakademie fiel, »aber so ganz beenden können wir es nicht, weil ich direkt vor deiner Nase wohne. Du bist es gewohnt zu spionieren. Unmöglich, dass dir diese Angewohnheit nicht ab und zu in den Sinn kommt. Du gewöhnst dich an mich. Du weißt ja von Anfang an, dass ich dich liebe, und wirst beruhigt sein. Aber dann bekommst du mit, dass ich irgendeine andere habe. Du siehst es vom Fenster aus und ärgerst dich. Erst über mich. Dann über dich selbst, weil dir klar wird, dass du keinen Grund hast, dich über mich zu ärgern. Und deshalb wirst du von selbst zu mir kommen, wie du gestern gekommen bist. Ich versteh nicht, warum wir uns so quälen sollen, wenn das Kommende bereits vorherbestimmt ist.«

»Weil ich morgen umziehe«, sagte Lucy und wusste nicht, ob sie lachen sollte oder nicht. »Nach Paris.«

XII.

Die Lösung des Knotens

Pierre kam in ungewohnter Lage zu Bewusstsein. Ungewohnt deshalb, weil er sich in einem kleinen, fast winzigen Zimmer befand und, was die Hauptsache war, sein Kopf in einer Schlinge steckte.

Das Erste, was ihm in den Sinn kam, war Conan Doyle, und der Kontext, in dem er ihm in den Sinn kam, war wenig vorteilhaft. Er konnte nicht glauben, dass ihn sein einst so geliebter Schriftsteller so geschickt hereingelegt hatte und denjenigen versteckte, der hinter allem steckte. Und Pierre steckte mittendrin. Jedenfalls, bevor das Ganze ins Pornografische abdriftete, unterbrach Pierre den Gedanken und grübelte darüber nach, wer sein Hauptgegner sein könnte.

Das Zweite, was ihm in den Sinn kam, war die Schlinge um seinen Hals. ›Ich habe mit Selbstmord angefangen, also lässt man mich mit Selbstmord enden‹ – irgendwie musste er lächeln. Vielleicht deshalb, weil man in ein und dieselbe Hölle nicht zweimal kommen kann.[44]

Das Dritte, was er bemerkte, war ein vor ihm herunterhängender Spiegel, und neben dem Spiegel stand ein Fernseher. Auf den Spiegel war ein gestrichelter Kreis gemalt. ›Noch ein Rätsel, und ich drehe durch‹, dachte Pierre und stellte dann fest, dass ihm Schlimmeres drohte als durchzudrehen.

Der Fernseher schaltete sich ein.

---

44 »Man kann nicht zweimal in denselben Fluss gehen«, hat Heraklit einmal gesagt, und auch der Autor merkte sich den Spruch in der Hoffnung, dass er irgendwann mal hilfreich sein könnte.

Auf dem Bildschirm erschien Poe. Er sah genauso aus wie auf den Bildern, die Pierre kannte, chronisch traurig und mit durchdringendem Blick. Auf seine Wangen waren mit rotem Lippenstift Spiralen gemalt.

[Oh nein, Hollywood hat die Leute völlig dumm gemacht! – Anm. d. Aut.]

›Ach, der? Ich hab's doch gewusst!‹, dachte Pierre, begriff aber sogleich, dass er eigentlich überhaupt nichts gewusst hatte. Er hatte einfach nur einen Verdacht gehabt, weil Poe wirklich nirgends zu sehen gewesen, aber trotzdem in jeder Etappe in Erscheinung getreten war: im Hotel – »NEVERMORE«. In seinem Haus – höchstpersönlich. Beim Festival – sogar als Organisator. Die Party anlässlich seines Todestags hatte auch er geplant, war den Gästen erschienen, und die Kapuze hatte er benutzt, um nicht erkannt zu werden. Seine Abwesenheit von zu Hause wäre ungewöhnlich gewesen, deshalb musste er von Anfang an ein mysteriöses Verschwinden vortäuschen, und Conan Doyle hatte ihn nur deshalb geschlagen, weil Pierre ihn sonst erkannt hätte. So ein Mist!

»Hallo Pierre!« Edgar Allan Poe erhob erstmals im Verlauf dieser Geschichte seine Stimme. »Als Allererstes möchte ich dir gratulieren. Du warst doch cleverer, als ich dachte, aber nicht so clever, wie du dachtest. Die ganze Zeit bildete sich ein Knoten, und siehe da, der Knoten ist nun um deinen Hals … Los, lass uns spielen … Menschen glauben immer, ihnen bliebe viel Zeit zum Leben, und trotzdem bleibt ihnen keine Zeit, um so zu leben, wie sie wollen. Was in einem Moment noch Zukunft ist, wird im nächsten schon Vergangenheit sein …«

›Auch hier scheint jeder ein Philosoph zu sein‹, dachte Pierre, und wäre er nicht im Knoten gefangen gewesen, hätte er bedauernd den Kopf geschüttelt.

»Hast du mal darüber nachgedacht, was in einer Minute alles zu schaffen ist?«

Pierre hatte nicht darüber nachgedacht. »… man kann aus dem hundertachtundvierzigsten Stock herunterkommen, wenn man statt der Tür das Fenster nimmt, man kann …«

»… die Strecke rennen, für die Usain Bolt zehn Sekunden braucht, oder zweimal bis dreißig zählen …«, half Poe Pierre auf die Sprünge. »Hm …«, Poe lächelte so unmerklich, dass selbst der Autor es kaum wahrnahm, »interessant wäre, ob du in einer Minute auch noch so gute Laune haben wirst, weil du ab jetzt noch genau sechzig Sekunden hast, den Namen jenes Menschen zu nennen, der die ganze Zeit viel Lärm um nichts gemacht hat. Nur dann wird sich der Knoten lösen und du schaffst es, dich aus der Schlinge zu ziehen. Andernfalls wirst du im Höllenfeuer schmoren …«

[Hier denkt der Autor, dass es seiner Fantasie ziemlich geschadet hat, Hollywoodfilme zu schauen.]

Poe verschwand vom Bildschirm, und eine Stoppuhr erschien.

Neunundfünfzig …

Achtundfünfzig …

Und Pierre begriff, dass all diese Bücher und Filme, in denen die Leute in so einer Situation einen kühlen Kopf bewahrten und Lösungen fanden, Unsinn waren. Das Einzige, worüber er nachdachte, war, dass er nicht innerhalb einer Minute (während sich gleichzeitig Feuer aus allen vier Ecken des Raumes näherte) die Lösung finden konnte, die er schon die ganze Zeit suchte.

Fünfzig …

Neunundvierzig …

Pierre versuchte sich zu erinnern, was ihm seit seiner Ankunft alles passiert war. Doch erst mal lief sein ganzes Leben vor seinen Augen ab, und er konnte sich nicht gleichzeitig auf zwei Fronten konzentrieren.

»Conan Doyle!« Der fiel ihm zuerst ein. Der Knoten hielt ihn weiterhin gefangen.

Vierzig …

Neununddreißig …

»Poe!«, rief er. Poe tauchte nicht auf. Dachte er zumindest.

Parallel zu seiner Überlegung fing Pierre komischerweise an, darüber nachzudenken, was er der Menschheit wohl zu sagen hätte, wenn bis zum Ende der Welt nur noch eine Minute bliebe, merkte dann aber, dass das nur romantisierendes Gefasel wäre und er sich lieber um sein eigenes Ende sorgen sollte.

Zweiunddreißig …

Einunddreißig …

»Saint-Exupéry! Hemingway! Orwell! Hugo! Dante! Bradbury!« – Er hätte am liebsten alle aufgezählt, die ihm einfielen.

Die Zeit schmolz dahin. Und er selbst auch.

Achtundzwanzig …

Siebenundzwanzig …

Erstmals bedauerte er, dass Bruce Willis keine Schriftstellerkarriere gewählt hatte und nicht tot war.

Vierundzwanzig …

Dreiundzwanzig …

Das Feuer kam immer näher. Pierre begriff, dass er so wehrlos war wie Samson, der gerade beim Friseur gewesen war, deshalb tat er, was man eben tut, um den eigenen Kopf zu retten: Er verlor einfach das Bewusstsein …

* * *

Lucy war enttäuscht. Die Geschichte hatte so interessant begonnen und nun – alles nur, damit sie am Ende mit einem hoffnungslos verliebten Jungen dastand.

»Jungs machen immer alles kaputt!«, schrieb Lucy. *»Die Sache scheint gut zu laufen und dann – Fehlanzeige! Eines Tages – zack – verlieben sie sich ungefragt in dich!«*

In Wahrheit hatte Lucy Angst vor der Liebe. Erstens, weil sie nie wahre Liebe erlebt hatte, und zweitens, weil die Darstellung von Liebe in Filmen und Büchern nicht gerade dem entsprach, was man im echten Leben zu sehen bekam. Ungefähr so, wie wenn sich der zur Appetitanregung gezeigte Hamburger aus der Reklame in Wirklichkeit als fad oder sogar als verdorben herausstellt.

Außer vor der Liebe hatte Lucy auch Angst vorm Ungeliebtsein. Erstens, weil dieses Gefühl – genauer gesagt, dieses Nichtgefühl – schon fühlbar war, und zweitens, weil die Darstellung ungeliebter Menschen in Filmen und Büchern viel genauer der Wirklichkeit entsprach als … nun, genauso wie oben beschrieben.

Deshalb flüchtete Lucy. Sie rannte immer vor irgendetwas davon. Erst vor Gesprächen mit Leuten. Dann zunehmend vor den Leuten selbst. Nur vergeblich. Wie im Traum – du rennst und rennst und kommst doch nicht weg. Nach der Flucht vor jemandem tauchte garantiert jemand anderes auf, vor dem sie fliehen musste. Lucy hatte also Angst vor der Liebe. Und sie hatte Angst vor dem Ungeliebtsein. Und sie hatte Angst davor, keine von beiden Ängsten überwinden zu können.

… Das Notwendigste hatte sie schnell zusammengepackt.
Sie war das Flüchten gewohnt. Jedenfalls rannte sie.

* * *

Nach wenigen Sekunden kam Pierre wieder zu sich, nur hatte
sich nichts verändert. Er stand immer noch dort. Er war immer noch in der Schlinge, und immer noch brannte das Feuer.

*[Tja, Bewusstlosigkeit bringt demnach nicht immer etwas
… – Anm. d. Aut.]*

Als letzter Ausweg blieb der Spiegel. Genauer gesagt: der gestrichelte Kreis, der auf den Spiegel gemalt war …
… Pierre hatte Zahlen noch nie gemocht. Dementspre-
chend auch nicht die Mathematik. Seiner Meinung nach sei
Mathematik »niemals eine lebenswichtige Wissenschaft« …
… Und Pierre wurde klar, dass sie es offenbar doch war.
Ausgehend davon begriff er auch, dass es für ihn zwei Nachrichten gab – eine gute und eine schlechte: Die gute – er
konnte sich erinnern, dass der gestrichelte Teil etwas zu bedeuten hatte, die schlechte – das war das Einzige, woran er
sich erinnern konnte.
Zwölf …
Elf …
»Mathematik bringt mich noch ins Grab!« Pierre gab der
exakten Wissenschaft die Schuld an seiner eigenen Unge-
nauigkeit und tat das Dümmste, was man jetzt tun konnte – er fing an, seinen Kopf im Spiegel zu betrachten. Seit
dem Tag seiner Ankunft in der Hölle hatte er sich nicht im
Spiegel gesehen. Im Prinzip hatte er sich seitdem äußerlich

nicht verändert. Nur eine winzige Narbe, die er vorher nicht gehabt hatte, fiel ihm auf. Mit dem Finger ertastete Pierre die Vertiefung auf seiner Stirn. Wahrscheinlich hatte er sie von drüben mitgebracht. Winzig, jener Meerenge zwischen Skylla und Charybdis gleichend …

… und bäm! Ohne unnötige Einmischung des Autors begriff Pierre alles von allein. Genau wie im Film blitzten Schlüsselszenen vor seinen Augen auf – einzeln, vor blassem Hintergrund, schnell wechselnd …

… ein aus dem Hotelzimmer stürzender Mann, auf dessen Gesicht er nur einen kurzen Blick werfen konnte, er glaubte ihn zu kennen, konnte sich aber nicht erinnern …

… obwohl er ungern las, kannte er nun alle Bücher, die er für Hinweise brauchte …

… Saint-Exupéry, mit wirrem Blick und noch wirrerer Hypothese: »Ihr Gesicht kommt mir überaus bekannt vor … Haben wir uns schon mal irgendwo gesehen?«, »Es kann passieren, dass wir uns morgen wiedersehen, und ich erkenne Sie nicht …«

… Hugos Schlüsselphrase: »Wie die Meerenge zwischen Skylla und Charybdis …«

… Der Spiegel hing nicht ohne Grund da, und auch der gestrichelte Kreis musste etwas zu bedeuten haben …

… Conan Doyle hatte ihm einen Schlag versetzt, damit er, falls sich der kapuzenverhüllte Mann umdrehte, nicht Poe …

Fünf …

Vier …

Und Pierre, der schon Anspruch auf die würdige Nachfolge Giordano Brunos und Jeanne D'Arcs erheben wollte, rief laut aus:

»Pierre Sonnage!«

Der Knoten hatte sich gelöst. Der um seinen Hals löste sich ebenfalls.

XIII.

$S=\pi r^2$

Genau wie glückliche Tage hasste Poe Sätze, die mit den Worten »Ich habe eine Bitte« begannen, denn ihm zog sich, bevor der Urheber des Satzes überhaupt von diesen Worten zur Bitte selbst übergegangen war, schon mindestens dreimal unangenehm das Herz zusammen. Erstens, weil er »Helfen« – sowohl als Verbalsubstantiv als auch die Tätigkeit – absolut nicht mochte, und zweitens, weil derartige Bitten, die so begannen, in der Regel unter vergleichsweise schwierigen Voraussetzungen zu erfüllen waren.

Genau deshalb zog sich Poes Herz unangenehm zusammen, als eines unschönen Tages Mephistopheles bei ihm aufkreuzte und das Gespräch mit einem »Ich habe eine Bitte« eröffnete. Nun, es fiel ihm nicht weniger schwer, Mephistopheles etwas abzuschlagen, als ihm beizupflichten.

»Er ist ein Neuer. Heißt Pierre. Hat sich vor Kurzem umgebracht. Ist vom höchsten Gebäude der Welt gesprungen. Nur eine kleine Narbe. Die ist von einer geringfügigen technischen Störung bei LHD.[45] Sein Herz ist schon kurz vor dem Aufschlag stehen geblieben, und die Seele kam gar nicht am Boden an. Bevor er zu sich kommt, muss schnellstens die Strafe fertig sein. Wir müssen ihn zweiteilen. Wir brauchen zwei Pierres.«

»Warum ich?« Poe hatte nicht gedacht, dass sich noch jemand an seinen William Wilson[46] erinnern würde.

»Weil Palahniuk noch nicht tot ist«[47], entgegnete Mephistopheles kurz. »Schnell, schnell! Das ist ein Befehl von IHM höchstpersönlich …«

… Das Klonen bereitete keine Probleme. Zumal Pierre brav wie ein Lämmchen auf dem OP-Tisch lag.

»Ihr müsst euch beeilen«, befahl Poe, »beide kommen bald zu Bewusstsein. Bringt den ersten nach draußen, er soll denken, er sei beim Tor heruntergefallen, erst soll Dante auf ihn aufpassen, dann Conan Doyle. Den zweiten bringe ich ins Hotel und lasse ihn nicht aus den Augen. Denkt dran, solange wir nicht am Ziel sind, sollen sie einander nicht begegnen, sonst ist alles dahin. Weist Conan Doyle darauf hin, dass er den Dummen spielen soll. Zu Dummen fasst man leichter Vertrauen. Ah, er regt sich …«

---

45 LHD – das Unternehmen, das verantwortlich ist für den Transport der Seelen von der Erde in die Hölle.

46 Prinzipiell richtig. Selbst der Autor musste Google bemühen, um seine Erinnerung an Poes Figur, die gegen einen Doppelgänger kämpft, aufzufrischen.

47 Gott soll ihn ruhig lange leben lassen, damit er noch so ein Buch wie »Fight Club« schreibt. (indir. Anm. d. Aut.)

… Als Pierre die Augen öffnete, war er darauf gefasst, die flackernde Einheitsbeleuchtung an einer Krankenzimmerdecke zu sehen, aber Fehlanzeige. Zum einen lag er für einen Sturz aus dem hundertachtundvierzigsten Stock erstaunlich unversehrt auf dem Tisch, zum anderen sah die vor ihm sitzende Person nicht unbedingt aus wie ein Arzt.

Moment mal … Oh, mein Gott. Er …, er war …

»Ein herzliches Willkommen deiner Seele in der Literatenhölle. Ich bin Edgar Allan Poe. Du kennst mich wahrscheinlich. Ich komme gleich zur Sache, die Zeit drängt«, sagte Poe und kam gleich zur Sache. Die Zeit drängte. »Wie ich schon sagte, das ist die Literatenhölle. Warum, wieso, weshalb – frag mich später. Hier wird jeder Schriftsteller damit bestraft, womit er im Leben seine Leser gestraft hat …«

Pierre fielen seine zwölf Leser ein.

»Rätsel … Rätsel … ab und zu ganz gut, wenn es zum Werk passt, aber selbst wenn man vernarrt in Kuchen ist, möchte man nicht jeden Tag welchen essen« – sich pseudophilosophische Sprüche auszudenken war eines von Poes liebsten Hobbys. »Deine komplizierte Art zu schreiben ist ein bisschen langweilig, glaub mir, aber solange du das nicht am eigenen Leibe spürst, verstehst du das nicht …«

Pierre überlief ein unangenehmer Schauer, als ob er eine Gabel auf einem Teller quietschen gehört hätte.

»Jedenfalls ist deine Strafe folgende«, Poe machte eine Kunstpause, denn er genoss es, in vor Erwartung der Strafe angsterfüllte Augen zu blicken, »du musst solch komplizierte Rätsel erschaffen, dass einem das Leben wie die Hölle vorkommt …«

»Für wen?« Pierre nutzte die Gelegenheit, eine Frage beizusteuern.

»Das ist vorerst geheim«, sagte Poe mit einer Stimme und einem Gesicht, dass er jeden beliebigen Regisseur sofort für die Rolle des James Bond überzeugt hätte. »Er wird in Kürze hier sein, aber wenn er dich gesehen und sich dir als überlegen und klüger als du erwiesen hat – dann werde ich dir die Hölle zur noch schlimmeren Hölle machen …«

[Conan Doyle hat sein »Das heißt«, und Poe hat seine »Hölle«!]

»… Deshalb meide ihn und versuche, bis zu seiner Ankunft eine Chiffre zu erfinden, deren Entschlüsselung diesen Menschen zu mir führt.« Poe redete jetzt noch schneller. »Seinen Teil der Chiffre hat Conan Doyle auf den Spiegel gemalt. Achte nicht darauf. Kümmere dich um deine Angelegenheit … Alles Übrige sage ich dir, wenn du zu mir kommst. Ich wohne in der Rue Morgue. Hier ist eine Karte, damit ist es leicht zu finden. Alles klar?«

Nichts war klar, aber Pierre nickte trotzdem. Was blieb ihm anderes übrig.

»Versuch sie so schwierig zu machen wie möglich, sodass derjenige, der sie entschlüsseln muss, den Tag seines Todes verflucht«, sagte Poe mit einem Echidna-Lächeln, fragte sich im Stillen, wer überhaupt diese Echidna sei, und verließ das Hotelzimmer. Pierre nahm einen Zettel, schärfte seinen Geist, als ob er sich an etwas erinnern wollte, und fing an zu schreiben:

»Die zehn Gebote
1) Du sollst keine dicken Bücher schreiben …«

* * *

Claude hatte nie verstanden, warum sich Menschen aus Liebe umbringen. Deshalb belächelte er Anna Karenina, die auf tausend Seiten dafür kämpfte, sich am Ende, als der Zug für sie schon abgefahren war, vor ebendiesen zu werfen. Jedenfalls hatte Claude, seit im siebten Stock des Hauses gegenüber kein Licht mehr brannte, schon darüber nachgedacht, sich selbst das Licht auszupusten.

Er hatte fünfundzwanzig Jahre gelebt – na und. Er stand mit beiden Beinen im Leben – na und. Es gab auch noch andere Mädchen – na und. Er hatte eine eigene Wohnung – na und. Er wollte schreiben – na und. Er hatte immer noch so etwas wie eine Chance, wenn er nicht nur darüber schrieb, wie er nicht schreiben konnte – na und. Na und … Da unterbrach Claude seinen Gedankengang, denn noch ein, zwei »Na unds« mehr, und er hätte sich das mit dem Selbstmord anders überlegt, und diese Geschichte hätte ein noch banaleres Ende genommen.

Über die Selbstmordmethode hatte er noch nicht nachgedacht, weil seine Devise »Wenn du dich nicht umbringen kannst, zerbrich dir den Kopf darüber, wie du dich nicht umbringen kannst« hier nichts brachte. ›Nichts ist allgemeingültig‹, dachte Claude, ›unter anderem auch nicht der Spruch, dass nichts allgemeingültig ist.‹

Er öffnete das Fenster. Ein »Hoppla« und … ›Nein‹, widersprach Claude sich selbst, ›erst springe ich, und dann rufe ich Hoppla.‹ Zufrieden, dass die Reihenfolge von Springen und Hoppla-Rufen nun festgelegt war, stieg er aufs Fensterbrett.

›Wenn ich eine bedeutende Figur wäre und für die Geschichte etwas darstellte, würde jetzt das Telefon klingeln!‹ Wahrscheinlich sprach Claude damit den Autor an, dieser hatte jedoch nicht daran gedacht, dass Claude gar kein Telefon zu Hause hatte. ›Nun, hab ich es mir doch gedacht: Jede beliebige Figur, und komme sie auch nur auf einer Zeile vor, hat irgendeine Bedeutung …‹

[Und während der Autor grübelt, wo im Haus er ein Telefon auftreiben soll, und zwar so, dass jemand im selben Moment anruft und Claude es in der Zwischenzeit nicht schafft, zu springen …]

… kletterte Claude noch höher.

[Und als der Autor sich mit dem Gedanken beruhigt, Claude werde schon wissen, dass es nichts bringt, wegen Lucy aus dem Fenster zu springen …]

… ging in Lucys Fenster das Licht an, und jemand rief: »Warte!«

* * *

Pierre hatte Lucy nie geliebt. Wahrscheinlich, weil er Liebe für eine »ideale Methode irrationaler Zeitverschwendung« hielt. Allerdings mochte er Flirts und ein- (maximal zwei)-tägige (lieber noch -nächtige) Beziehungen, denn die erforderten kein Hand-in-Hand-Gehen, kein ewiges Hin-und-Her-Geschreibe und kein »Ich vermisse dich, Schnucki«-Geschmachte.

Er liebte Lucy nicht, aber er liebte es, dass Menschen einander liebten, und nur deshalb machte er beim großen Spiel der Liebe mit. Die Verschlüsselung der Handlung eines Buches war natürlich mit dem Risiko der Nichtentschlüsselung verbunden, aber Lucys Interesse konnte er nicht auf andere Weise wecken, zumal Claude aufgrund seiner übermäßigen Schüchternheit sowieso in seiner Wohnung bleiben würde …

… Jedenfalls bis jetzt. Nun stand Pierre vor einer viel größeren Herausforderung: Der Gegner war unbekannt, und daraus erwuchs sein Status, weil das Geheimnisvolle mehr auf Stärke als auf Schwäche hindeutete. Deshalb entschloss sich Pierre, in die Offensive zu gehen und punktuell zuzuschlagen. Genauer gesagt, strich-punktuell …

… Gerade, als er den letzten Punkt gesetzt hatte, hörte er Schritte auf dem Flur.

›Ich muss mich beeilen‹, dachte er. Schon stand irgendwer in der Tür. Pierre schaffte es nicht nachzuschauen, wer es war. Er rannte raus. Dann merkte er, dass ihn jemand verfolgte. Dann wurde es dunkel, und bevor dem Verfolger ein Licht aufging, war Pierre schon in Sicherheit.

* * *

»Books you read and movies you watch don't exist. You exist only in what you do.«
Federico Fellini. Oder auch nicht.

Das war nicht Lucy.

Warum hätte sie es auch sein sollen? Wenn Claude Lucys Rückkehr wirklich gewollt hätte, hätte er ihr zum Bahnhof folgen, unterwegs x-mal umsteigen, gegen unzählige Verkehrsregeln und etliche andere Gesetze verstoßen, sich durch die Menschenmassen am Bahnhof wühlen und den Kontrolleur zur Seite stoßen müssen, und wenn er dann trotz allem den Zug verpasst hätte und traurig umgekehrt wäre, hätte er im Wartesaal Lucy sitzen sehen. An ihrer Unterlippe nagend und schüchtern lächelnd.

Und dann würde er auch sehen, dass Lucy eine Filmosophin war und daran glaubte, dass in jedem beliebigen Film irgendein Sinn steckte. Auch in so einer idiotischen Szene wie im obigen Absatz beschrieben, und deshalb verpasste er den Zug Cannes–Paris. Genau genommen – wenn sie Claude im Wartesaal gesehen hätte, hätte sie ihn geküsst, und sie hätten glücklich und zufrieden gelebt bis ans Ende ihrer Tage … oder zumindest ein paar Jahre.

Aber als Claude auch nach Abfahrt des Zuges nicht zu sehen war – denn er folgte seinem ganz eigenen Zug in einen ganz anderen Tunnel –, begriff Lucy, dass sie dumm gewesen war; sie hätte sich Claudes Kontaktdaten aufschreiben, ihre Wohnung nicht so einfach aufgeben und der Nachmieterin, die sowieso alles hatte, was Claude gefiel, nicht alles erzählen sollen …

… Und siehe da, Audrey stand nun in ihrer ganzen Pracht vor Claude, in seiner Wohnung, und versuchte ihn von der banalen Wahrheit zu überzeugen, dass »Selbstmord kein Ausweg ist«.

»Ich verstehe dich, Claude. Lucy hat mir alles erzählt.« Audreys Stimme war voller Optimismus. »Ich weiß, dass du an Depressionen leidest. Ich weiß, dass du schon viermal versucht hast, dich umzubringen …«

»Was?« Claude wunderte sich dermaßen über den letzten Satz, dass er die nicht existenten Depressionen total vergaß.

»Ja, sie hat mir auch gesagt, du hättest Probleme mit dem Gedächtnis und würdest das immer abstreiten«, fuhr Audrey fort. »Glaub mir, alles auf der Welt geschieht aus einem Grund, und ich weiß, was du durchmachst. Denn ich hatte vor Kurzem ebenfalls vor, mich umzubringen, sogar auf die gleiche Art wie du …«

… Claude hob den Kopf und betrachtete Audrey zum ersten Mal genauer.

»Ja … als ich neulich mit dem Fahrstuhl fuhr, stieg ein fremder Mann zu. Wir waren noch nicht mal losgefahren, da beugte er sich zu mir und sagte, jeder habe sein eigenes Golgatha. Da habe ich begriffen, dass das ein Wink Gottes war und es im Leben keine unlösbaren Probleme gibt. Er schien voller Optimismus und voller Leben, deswegen habe ich mir das mit dem Selbstmord anders überlegt und bin auf meiner Etage ausgestiegen. Stattdessen stürzte ich mich ins pralle Leben von Dubai.«

»Dubai?« Claude stellte die unpassendste Frage, die man nach so einer Erzählung stellen konnte.

»Ja, irgendwie wollte ich am liebsten vom höchsten Gebäude der Welt springen«, sagte Audrey lächelnd. »Wahrscheinlich gibt es auf der Welt niemanden, der so bescheuert ist und sich vor dem Selbstmord über so etwas Gedanken macht.«

Claude lächelte ebenfalls. Er hatte sich nun davon überzeugt, dass jede Figur von Bedeutung war, selbst wenn sie nur auf einer Zeile oder sogar nur am Anfang einer Zeile vorkam. Er dachte bei sich, was für ein schönes Mädchen Audrey doch war.

»Übrigens habe ich morgen Abend noch nichts vor«, bemerkte sie beiläufig. Claude hatte auch nicht besonders viel vor … übrigens.

›Im Normalfall müssten wir uns jetzt küssen‹, dachte Claude und beugte sich zu Audrey, doch dann …

… klingelte unerwartet das Telefon.

»Woher kommt denn das Telefon?«, fragte Claude verwundert. »Ich hatte noch nie eins …«

[Hier schlägt sich der Autor an die Stirn, und ihm fällt ein, dass er vergessen hat, das vor Kurzem ausgedachte Telefon wieder wegzudenken, deshalb verlässt er, von seinem unverantwortlichen Verhalten beschämt, schnellstens das Zimmer und lässt im Herausgehen noch die Gardine herunter – für alle Fälle.]

* * *

Pierre hatte nie Schwierigkeiten gehabt, vor Publikum aufzutreten. Als er jedoch vor jene Schriftsteller trat, deren Namen er bis dahin nur vom Buchumschlag gekannt hatte, wurde ihm klar, dass er vor keiner leichten Aufgabe stand …

… »Die schwarze Kiste war eine tolle Entdeckung!«, sagte Poe zu Pierre, der aus dem Zimmer zurückkam. »Jetzt

musst du schnellstens nach Saint-Exupéry suchen. Noch
heute.«

»Ich kann's kaum erwarten, ihn zu sehen, denn ich kann
meine Seelenverwandtschaft mit ihm spüren.«

»Nun, wenn du über Seelenverwandtschaft sprichst, sei
lieber vorsichtig. Der Teufel schläft nicht«, grinste Poe und
dachte an dessen Secondhand-Seelen-Business.

* * *

*[Hier wird der Autor plötzlich nachdenklich, was den Sinn
dieses Buches betrifft. Er denkt, denkt, denkt, und danach
denkt er, er sollte nicht so viel Zeit mit dem Denken verlieren, und schreibt weiter.]*

* * *

Pierre war praktisch nie mit Malerei in Berührung gekommen; beziehungsweise nur ein einziges Mal: Als Kind hatten
ihm seine Eltern die Zukunft in bunten Farben ausgemalt. Im
übertragenen Sinne. Deshalb wunderte er sich über sich selbst,
wie gut ihm die Buchstaben auf den Wänden gelangen …

… Er war gerade mit seiner letzten Malerei fertig geworden,
da vernahm er hinter sich einen schwachen Schlag und einen starken Seufzer. Er schaute sich nicht um. Aber er hatte keine Angst, zur Salzsäule zu erstarren. Es verstand sich
von selbst, dass sein Plan optimal funktionieren würde – sein
Gegner würde das Spiel genau einen Schritt vor dem Ende
abbrechen müssen. Er zumindest hatte seinen Teil erfolgreich
abgeschlossen. Jetzt war Edgar Allan Poe am Zug.

»Wir bewegen uns auf das Ende zu.« Poe war sogleich erschienen.

»So soll es sein!« Pierre wollte endlich wissen, wer dieser Mann war, dessen Leben mit seiner so leichten Strafe schwer gemacht wurde.

»Du wirst deinen Gegner bald treffen … wenn unser Auftrag erfolgreich abgeschlossen ist.« Poe grinste wie ein Trickfilmbösewicht, der gerade den Schlüssel jenes Zimmers, in dem seine Opfer eingesperrt sind, verschluckt hat. »Er wird sich dir selbst zu erkennen geben. Vorausgesetzt, er überlebt …«

XIV.

Bestseller

»Es heißt, Gott sei mächtig und groß. Es heißt auch, Gott habe zunächst die Welt erschaffen und am sechsten Tag den Menschen. Ja, und genau jener Mensch erfand später (nach und nach) Papier, Schrifttum, Gewehr, Buchdruck, Fließband, Automobil, Computer, Fernseher, Teleskop ... und selbst Gott erfand er, deswegen konnte er ihn am Himmel mit dem eigens erfundenen Teleskop auch nicht sehen.«
Pierre Sonnage, »Memento Moriarty«, 2008

Pierre hatte nie davon geträumt, einen Zwilling zu haben. Sogar sein eigenes Spiegelbild ging ihm dann und wann auf die Nerven. Genau deshalb war er ziemlich befremdet, als das Spiel vorbei, das Feuer erloschen, der Knoten gelöst war, er das Zimmer verließ und den zweiten Pierre erblickte.

Pierre hatte nie davon geträumt, einen Zwilling zu haben. Sogar sein eigenes Spiegelbild ging ihm dann und wann auf die Nerven. Davon abgesehen war er, als er sich selbst aus dem Zimmer kommen sah, so verwirrt, wie man verwirrter nicht sein kann …

»Ich dachte, hier würde mich gar nichts mehr wundern«, sagte Pierre mit einem Gesichtsausdruck, den nur ein Mensch haben konnte, dem die Grundlagen der Quantenphysik erklärt werden.

»Hoffentlich erklärt uns wenigstens jemand, was hier vor sich geht«, antwortete der zweite Pierre. Also wahrscheinlich der, den wir für den ersten gehalten haben.

Als dieser »Jemand« stellte sich Poe heraus, der wie bestellt im Zimmer auftauchte. Nun ja, »wie bestellt« – er war ja tatsächlich bestellt worden.

»Klonung«, begann Poe in einem Ton, der ausdrücken sollte, dass »sich das von selbst versteht«, »ist Jules Vernes Forschungsprojekt. Ein arithmetisches Paradoxon – eins ist gleich zwei. Für euch ist es einfach nur eine Strafe. Wie ich dir gesagt habe … oder nicht dir, sondern vielleicht dir?! Na, jedenfalls, wie ich irgendeinem von euch gesagt habe, habt ihr eure Leser mit endlosen Rätseln gequält … daher war es nicht besonders schwierig, sich eine Strafe auszudenken – einer stellt das Rätsel auf, der zweite löst es, beide leiden, und außerdem ist der eine der andere. Ein idealer Mittelweg … Jetzt könnt ihr euch hinsetzen wie Ilf und Petrow und so lange etwas schreiben, bis ER sich eine neue Strafe für euch ausgedacht hat …«

»ER?«, fragten beide Pierres.

»Ja, derjenige, der sich alle Strafen ausdenkt«, schnurrte Poe wie seine eigene Katze. »Meine und Mephistopheles' Strafe besteht einfach in der Umsetzung der jeweiligen Strafen.«

»Der Große Bruder?«, fragte der erste Pierre.

»Nein, der Große Bruder tritt nie in Erscheinung. Er beobachtet uns nur …«, sagte Poe und biss sich auf die Zunge, um ihr Einhalt zu gebieten.

»Was für eine Strafe kommt jetzt?« Auch der zweite Pierre konnte seine Neugier nicht im Zaum halten.

»Iff feif niff«, antwortete Poe und freute sich, dass er auf die Zungen-Biss-Methode gekommen war.

Die Pierres zuckten mit den Schultern. Sie waren verstummt. Ein Kopf ist gut – zwei sind vielleicht besser.

»Nun, lebt, wo es euch beliebt, und tut, was ihr wollt, bevor ER euch braucht.« Poe hatte seine Zunge wieder freigegeben.

»Ich habe noch tausend Dinge zu erledigen. Ich arbeite an der Klonung von Anne Frank; bevor Beigbeder kommt, muss ich neunundneunzig Stück fertig haben, zu deren Aufpasser wir ihn dann ernennen werden …«

Die Pierres wussten nicht, was sie sagen sollten, deshalb sagten sie eine für die Hölle ein wenig unlogische und für den Schluss viel zu banale Phrase: »Gott sei Dank ist alles gut ausgegangen.«

»Ihr seid beide so gelungen!« Poe blinzelte. »Ich schaue euch an und mir fällt mein größter Traum ein: Analog zu einigen anderen Organen müsste der Mensch auch zwei Herzen haben.«

»Damit er zu mehr Liebe fähig ist?« Dem zweiten Pierre wurde warm um sein eines Herz.

»Nein, das Infarktrisiko würde sich verdoppeln«, unterbrach ihn Poe und verschwand so, wie er erschienen war.

* * *

»Pierre Sonnage hatte mir geraten, wenn ich nicht schreiben könne, solle ich darüber schreiben, wie ich nicht schreiben könne; dann solle ich den ersten Absatz löschen, und alles würde funktionieren. Nun, ich hab's versucht.

Und überhaupt habe ich nicht mal was, worüber ich schreiben könnte. Ich wollte einfach nur sagen, dass es keine zweitklassigen Romanfiguren gibt, denn es ist unmöglich, eine Figur ›zweitklassig‹ zu nennen, die einen ›Romanhelden‹ erst zum Helden macht.

Was nun in meinem Leben passiert, kommt mir sehr ungewöhnlich vor. So etwas kannte ich bisher nur aus Filmen. Wer weiß, vielleicht ist das Leben auch manchmal wie ein Film …«

* * *

»Nein, das Leben ist kein Film«, schrieb Lucy, *»ich hielt mich selbst für die Hauptfigur, und am Ende bin ich nur vorgekommen, damit jemand in meiner Wohnung wohnen konnte. So etwas passiert nicht mal in Filmen und schon gar nicht in Büchern.*

Auch Pierre haben die Leute vergessen. Es ist wieder so, wie es vorher war. Er ist jetzt zwar zum Genie stilisiert worden, seine Bücher liest aber trotzdem keiner. Er sei aus der Mode, hieß es bei meinen Freunden, erst wenn er in Mode käme, würden sie wieder darauf abfahren … bla bla bla!

Paris ist schön. Ich kenne bis jetzt zwar niemanden, aber hey, es ist Paris. Die Stadt der Liebe. Die Stadt, auf deren Plätzen man den Kopf verlor. Damals: durch die Guillotine, heute: durch die Liebe. Jedenfalls werde ich irgendwen kennenlernen. Oder irgendwer lernt mich kennen. Oder ich werde in zehn Jahren, wenn Claude ein berühmter Schriftsteller geworden ist und in

irgendeiner Buchhandlung eine Präsentation stattfindet, vor ihm
stehen, und wir fangen noch mal ganz von vorn an. Bis dahin
wird er Audrey schon satthaben (natürlich vorausgesetzt, sie ha-
ben sich überhaupt ineinander verliebt), und die Erinnerungen
führen ihn zu mir. Die Erinnerung ist ja viel stärker als jedes be-
liebige Gravitationsgesetz. Jedenfalls wird alles so ablaufen wie
im Film ... Oh, wann werde ich bloß kapieren, dass das Leben
kein Film ist ...«

* * *

»Alles ist gut, was gut endet.« Pierre, der erste, sprach aus, was
ausgesprochen werden musste und nippte an seinem Löwenzahnwein.

Er saß neben Conan Doyle am Kamin in seinem Sessel
und lauschte jener Geschichte, die sich parallel zu seiner eigenen abspielte. Er hatte sich allmählich mit seinem Klon ange-
freundet. Und mit Conan Doyle.

»Die Frage ist nun, wer ist der Klon und wer der Echte.«

»Was soll jetzt noch das Rätselraten, die Geschichte ist sowieso fast zu Ende«, seufzte Pierre und fragte sich, warum er
seufzte, obwohl die Situation überhaupt kein Seufzen erforderte. »Tja, wenn ich die Geschichte als Roman aufschreiben
könnte, würde es drüben ein echter Bestseller.«

»Kannst du«, sagte Conan Doyle einfach so dahin, als wäre
das genauso leicht, wie sich einen schlechten Vergleich auszudenken. Zum Beispiel einen so schlechten wie den gerade
genannten.

»?«, fragten Pierres Augen.

»Das Leben geht schließlich weiter ... Dachtest du etwa,
die Leute sitzen hier untätig zu Hause herum? Wir haben

spezielle Inspiratoren geschaffen. Wir schreiben die Bücher, übertragen sie an die Inspiratoren, und die entscheiden dann, ob sie geändert werden müssen oder nicht. Drüben auf der Erde nennt man das Musen. Bei uns Inspiratoren … Na ja, was so geredet wird, dies sei von Borges beeinflusst, jenes von Faulkner – in Wirklichkeit sind das keine Einflüsse, sondern Borges und Faulkner selbst … Wie auch immer, die Hauptsache ist, du suchst dir einen Enthusiasten aus, der deine Bücher unübertroffen findet, und ich werde bei den Inspiratoren für dich ein gutes Wort einlegen.«

»Hmmmmm!«, hmmmmmte Pierre vor Vergnügen und Verwunderung. »Das heißt, Sie können auch beobachten, was auf der Erde passiert?«

»Pfff … selbstverständlich. Die Satelliten sind gleich hier in der Nähe, und wir empfangen alle Fernsehprogramme von drüben. Hast du etwa gedacht, die Welt entwickelt sich nur auf der Erde?«

Das hatte Pierre gedacht, aber das sagte er nicht mehr. Er belächelte teuflisch die Evolution der Hölle und nippte am Löwenzahnwein.

* * *

Claude wachte mitten in der Nacht auf. Weder Durst noch Alptraum hatten ihn gequält. Ihm tat auch nichts weh, und er hatte auch keine Ahnung, was ihn geweckt hatte. Er schaute aus dem Fenster. In Audreys Fenster brannte kein Licht. Sie schlief. Eine kühle Brise streifte sein Gesicht, und ihn befiel ein irgendwie ungewohntes Gefühl. Als würden ihm die Finger jucken. Er setzte sich an den Schreibtisch, klappte den Laptop auf und wollte an »Pierre Sonnage hatte zu mir gesagt, wenn ich nicht schreiben könne, solle ich darüber schreiben, wie ich nicht schreiben könne« weiterschreiben.

»Pierre Sonnage ...«, schrieb er, machte eine Pause und schrieb dann plötzlich weiter: »... war fest entschlossen, an seinem dreiunddreißigsten Geburtstag Suizid zu begehen. Der Grund dafür war alles andere als banal ...«

* * *

[›Nennt mich Claude‹, denkt der Autor und schließt das Fenster. Es zieht, und das stört ihn beim Schreiben.]

* * *

»Wenn man kein Schriftsteller ist und trotzdem stirbt, wo kommt man dann hin?«, fragte Pierre. Der zweite.

»Früher oder später fragt sich das jeder«, sagte Poe und lächelte schief. »Hast du etwa gedacht, du wärst allein in der Hölle? Jeder hat seine eigene Hölle – manche aufgrund von gemeinsamen Interessen, manche aufgrund von gemeinsamen Eigenschaften, manche aufgrund des gemeinsamen Berufes ...«

»Die Model-Hölle muss ein Paradies sein ...« Pierre – also der zweite – driftete in einen gänzlich irdischen Traum ab. »Und wozu diese Trennung?«

»Weil der Große Bruder der Meinung ist, es gäbe keine schlimmere Hölle, als gleichartige Menschen dazu zu verurteilen, ewig zusammen zu sein.«

»Und das Paradies? Gibt es kein Literatenparadies?«

»Ein Paradies gibt es zwar, aber keins für Literaten. Es gibt nämlich keinen Schriftsteller, der nicht mindestens einmal einen Leser gequält hat.«

Pierre, dem zweiten, kam Astrid Lindgren in den Sinn, aber sogleich fiel ihm ein, dass Kinder manchmal gezwungen werden, ihre Bücher zu lesen, und deshalb stellte er eine ganz andere Frage:

»Werden alle Strafen von einem Menschen erdacht?«

»Von ›einem‹ ja, inwiefern der jedoch ein Mensch ist, kann ich dir nicht sagen«, sagte Poe und merkte, dass er trotzdem zu viel redete: »Iff follte mir jetz liebel auff de Tunge beiffn.«

›Was die ihm dafür wohl zahlen …‹, hatte Pierre plötzlich einen gänzlich irdischen Gedanken und nippte an seinem Calvados …

[Hier beginnt die Übertragung, und in der Vogelperspektive stellt sich heraus, dass die Literatenhölle zwar auf den ersten Blick groß wirkt, aber nur einen kleinen Teil der Welt darstellt. Die Kamera schwenkt schnell weg. Passiert Planeten. Asteroiden. Die Sonne. Planetengürtel. Antimaterie. Und hält an einem kleinen dunklen Zimmer inne.]

… Er war allein im Zimmer, als auf dem Bildschirm des Asozialen Netzwerks[48] der Große Bruder erschien.

»Hab ich was angestellt?«, fragte er erschrocken.

»Nein, im Gegenteil«, der Große Bruder schien gut gelaunt zu sein, »ich muss dich loben. Die Klonungsstrafe hat mir sehr gefallen. Du machst den Job nun schon so lange, und trotzdem hast du noch diese teuflischen Ideen – Respekt!«

»Genau darüber wollte ich mit dir reden«, hob er schüchtern an, »ich glaube, es ist an der Zeit, dass ich von den Strafen zurücktrete. Es sind viele Jahrhunderte vergangen.«

---

48 Ein spezielles Netzwerk in der Literatenhölle, das in extremen Notsituationen benutzt wird.

»Du sollst Lob nicht mit Freundlichkeit verwechseln!« Der Große Bruder legte Strenge in seine Stimme. »Deine Strafe ist, dir für alle Übrigen Strafen auszudenken, und das ist so und wird auch noch lange Zeit so bleiben ... Außerdem, so viele Leute bestrafe ich doch gar nicht. Wenn ich die alte Abmachung lese, werde ich ohnehin schon von Minderwertigkeitskomplexen befallen ...«

»Meine Fantasie ist aber erschöpft. Ich will keine Leute mehr bestrafen.«

»Das hättest du dir überlegen sollen, bevor du dir angemaßt hast, dich mit mir zu messen, und mich somit gezwungen hast, dich zu bestrafen ...«

Bevor Luzifer noch etwas sagen konnte, war der Große Bruder offline.

Epilog

»Das Licht am Ende des Tunnels könnte das Licht jenes
Krankenzimmers sein, in dem du geboren wirst.«
Pierre Sonnage, »Bestseller«, 2017

[Dann wird alles erleuchtet. Dreht sich. Schrumpft. Wird zu
einem Punkt und verwandelt sich in Pierres Pupille.]

… Die Kabine fuhr so langsam nach oben, dass Pierre Sonnage
dreimal gähnen, vier Selfies machen, mehrmals seine Lieblingsmelodie summen, ein Romansujet erfinden und sich innerlich
jenen sentimentalen Text zurechtlegen konnte, den er über die
herzlose Welt während des freien Falls denken wollte …

… und bevor die Kabine die letzte Etage erreicht hatte,
merkte Pierre, dass ein Romansujet viel besser war als ein sen-
timentaler Text und dass es bessere Wege zur Popularität gibt

als Suizid. Zum Beispiel ein Buch darüber zu schreiben, wie man ein Buch darüber schreibt, wie Claude ein Buch darüber schreibt, wie er selbst Claude dazu überredet hatte, darüber ein Buch zu schreiben. Oder einfacher gesagt: Er entschloss sich, ein Buch zu schreiben, in dem Pierre Sonnage selbst eine Personnage werden würde …

… Und da wir alle aus der Kindheit kommen und auf Wegen des Schicksals gehen, die wir selbst wählen … oder die uns wählen …

… Conan Doyle war in Eile. Es blieb ihm wenig Zeit, um einen Bestseller zu schreiben (und im Prinzip auch wenig Weg) – etwa hundertfünfzig Etagen, vom Fuß bis zur obersten Aussichtsplattform des Wolkenkratzers. Der Inspirator war genauso in Eile. Es war nicht leicht gewesen, sich innerhalb solch kurzer Zeit zu einem Romansujet inspirieren zu lassen, in dem Pierre Sonnage den Selbstmord überdenken und ein Buch darüber schreiben würde, wie Pierre ein Buch darüber schrieb, wie Claude ein Buch darüber schrieb, wie Pierre Claude dazu überredet hatte, über Pierre ein Buch zu schreiben. Aber es gab keinen anderen Weg. Conan Doyles Strafe bestand schließlich darin, sich eine möglichst verschlungene Geschichte auszudenken und jene unglücklichen Schriftsteller zu inspirieren, die sich wegen ihres Unglücklichseins zum Selbstmord entschlossen hatten. Also musste er sich beeilen …

… Luzifer war wieder allein im Zimmer.

»Erst mal muss Buendías Stammbaum gemalt werden, und dann werde ich weitersehen«, sagte Mephistopheles. »Jetzt arbeite ich an einer anderen Strafe. Er müsste jede Minute eintreffen. Er heißt Pierre Sonnage …«

Er drückte, von der neuen Idee beflügelt, den Knopf für die erste Etage.

»Was soll das heißen, er hat abgesagt?! Denken die etwa, ich hätte sonst nichts zu tun? Ich hab sowieso schon genug Ärger …«, seufzte Luzifer, trennte die Verbindung mit Mephistopheles und legte die vorbereitete Strafe vorerst ins Regal,»so viele unentschlossene Menschen auf dieser Welt. Gott, hilf du mir …«

* * *

»Ich hab schon begonnen, an meinem fünften Roman zu arbeiten. In ungefähr zwei Monaten bin ich fertig …«
Lucy las gerade Pierres Interview, als sie eine neue Nachricht an ihre geheime E-Mail-Adresse bekam. Irgendein Serapion Green[49] hatte ihr geschrieben. Sie wunderte sich. Seit sie Pierre diesen dummen geheimen Brief geschrieben hatte, benutzte sie diese Adresse faktisch nicht mehr …

… Claude saß in seinem Zimmer und versuchte wie immer vergeblich zu schreiben. Beziehungsweise schrieb er darüber, wie er nicht schreiben konnte. Und er schrieb auch darüber, wie er das Mädchen aus dem Haus gegenüber liebte, das weder von seiner Liebe noch von ihm selbst etwas ahnte. Plötzlich klopfte es an der Tür. Claude öffnete. Da war niemand. Nur ein Umschlag lag da, darauf standen drei Worte: »Anweisung. An Claude«.

… Die E-Mail hatte den einfachen und banalen Betreff »Für Lucy«. Übrigens dachte die Adressatin auch nicht lange über

---

49 Einem logisch veranlagten Menschen, der an einem Wassertropfen der Niagarafälle beweisen kann, dass der Atlantische Ozean existiert, wird auch die Lösung des Anagramms keine Schwierigkeiten bereiten.

den Betreff nach, öffnete schnell den Brief und fing an zu lesen:

*»Claude pflegte sonntags immer zu entspannen. An diesem Tag
schlug er nur die Zeit tot und suchte sein nächstes Opfer aus ...«*

[Vorhang.]

Z<small>IEMOWIT</small> S<small>ZCZEREK</small>

Mordor kommt und frisst uns auf

Aus dem Polnischen von Thomas Weiler

Ein Gonzo-Roman über Backpacker auf der Suche nach Hardcore und Abenteuer im »Wilden Osten«, inspiriert von Jack Kerouac und Hunter S. Thompsons »Fear and Loathing in Las Vegas«.

»Das Buch ist literarisch eine Freude, intellektuell ein Vergnügen und obendrein erfährt der Leser vieles über jenen Osten Europas, der nach dem Fall des Eisernen Vorhangs hinter einer Mauer aus Klischees und Projektionen verschwand.«
(Jens Bisky, Süddeutsche Zeitung)

Roman
240 Seiten, gebunden
ISBN 978-3-86391-172-0
Euro 20,00 (D)
Auch als E-Book erhältlich

Leseprobe auf www.voland-quist.de

NIKITA AFANASJEW

Banküberfall, Berghütte oder ans Ende der Welt

Jakob Ziegler ist jung, talentiert und erfolglos. Ein Künstler, der im Leben feststeckt. Um endlich vorwärtszukommen, erschafft er eine spektakuläre Kunstfigur: Johann Zeit. Was anfangs noch harmlos erscheint, wird bald zum Marketing-Coup. Dann aber entgleitet Jakob die Kontrolle über sein Alter Ego ...

»Heute Nacht ist Berlin ein Abenteuerspielplatz. Afanasjew dreht das große Karussell der urbanen Selbstverwirklichung – und er dreht es so schnell wie gekonnt.«
(Benedict Wells)

Roman
304 Seiten, gebunden
ISBN 978-3-86391-181-2
Euro 22,00 (D)
Auch als E-Book erhältlich

Leseprobe auf www.voland-quist.de